U0907892

日本浮光

私人旅日印记

日本で拾った光
私の日本旅行記

日本浮光

私人旅日印记

李丁 行摄

四川文艺出版社

目录
CONTENTS

Chapter 01 家族与古城

家族とお城

青森县弘前城公园

富士山本宫浅间大社湧玉池

日光东照宫前

世界遗产日光东照宫及附近林道。这里是德川家康作为日本战国时代胜利者的最好祭奠。

金泽兼六园石灯笼

金泽西茶屋街

ゆうパック

金泽金箔屋

金泽武家屋敷

野村家屋敷茶室及抹茶点心

第一次在野村家屋敷的日式庭院阁楼茶庭里尝试了日式抹茶和点心，感觉茶很浓郁，味苦，但配上很甜的点心正好合适。茶座房间好小，特别是入口处的门，对于我来说太矮了一些。

金泽城长屋

仙岩园

金泽城石川门

小樽市指定歴史的建造物

旧金子元三郎商店

建築年:明治20(1887)年　構造:木骨石造

金子元三郎商店は、明治・大正期に海陸物産、肥料販売および海運業を営んでいました。店主金子元三郎は、明治32(1899)年に初代小樽区長に就任し、その後衆議院議員に数回選出されるなど、小樽を代表する政財界人でした。両袖にうだつを建て、2階正面の窓には漆喰塗りの開き窓が収まり、創建時の形態をよくとどめています。小樽の典型的な明治期商店の遺構といえます。

小樽市

Designated Historic Landmarks of Otaru City

The Former Motosaburo Kaneko Store

Date of Construction: 1887
Structure: Stone on Wooden Framing

The Motosaburo Kaneko Store dealt in marine & land products, fertilizer sales and marine transport during the Meiji and Taisho periods. Store manager Motosaburo Kaneko, was representative of Otaru's political and financial leaders, being installed as the city's first ward mayor in 1899 and later on elected numerous times as a member of the House of Representatives. The freestanding walls on both sides and the stuccoed wing windows on the second floor serve to maintain the appearance of the building at the time of its construction and the building itself is a classic example of Meiji period store construction.

City of Otaru

Историко-архитектурный памятник г. Отару

Бывший магазин «Канэко Мотосабуро»

Год постройки: 1887
Конструкция: каменное здание с деревянным каркасом

Фирма «Канэко Мотосабуро» в период Мэйдзи и Тайсё занималась торговлей морепродуктами, удобрениями, а также морскими перевозками. Владелец компании Канэко Мотосабуро в 1899 году стал первым главой округа Отару, затем несколько раз избирался в Нижнюю палату парламента, представлял Отару в политических и экономических кругах Японии. С обоих краев здания установлены противопожарные стены с украшениями, на 2 этаже фасада здания – оштукатуренные распахивающиеся окна. Здание хорошо сохранило свой первоначальный облик, является типичным архитектурным сооружением торговых заведений Отару эпохи Мэйдзи.

Мэрия города Отару

小樽市指定的歷史建築物

舊金子元三郎商店

建築年：1887年　構造：木架石造

金子元三郎商店在明治與大正期間經營海陸物品、肥料販賣及海運業・店東一金子元三郎、1899年當上第一任的小樽區長・之後幾次當選眾議院議員等・為足以代表小樽的政經界人物・建築物在兩側建有樑上短柱・2樓正面窗戶塗上穩重的灰泥扇門・重現了創建時的樣子・可以說是小樽典型的明治期商店之建築遺跡・

小樽市

오타루시 지정 역사적 건조물

구 카네코 모토사부로우 상점

건축년도:1887년　구조:목골 석조

카네코 모토사부로 상점은 메이지·다이쇼 무렵에 해륙 물산, 비료 판매 및 해운업을 영위하고 있었습니다. 점주였던 "카네코 모토사부로"는 1889년에 초대 오타루 구청장으로 취임하여, 그 후 중의원으로 몇차례에 걸쳐 선출되는 등 오타루를 대표하는 정재계인이었습니다. 건물 양측에 동자기둥을 세워 2층정면의 창에는 회반죽 칠을 한 여닫이 창문이 설계되어 있고, 창건시의 형태를 잘 간직하고있습니다. 오타루의 전형적인 메이지시대 상점의 옛 건축물의 잔존물이라고 할 수 있습니다.

오타루시

小樽街头的历史建筑信息栏，有日文、英文、俄文、中文和韩文五种文字的详细介绍。

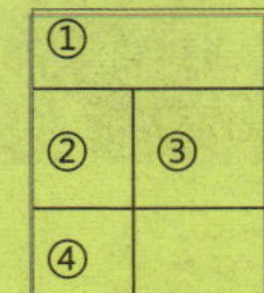

①樱岛火山——世界上离城市最近的活火山
②指宿沙浴
③黑毛和牛、黑猪专卖店
④由于樱岛火山距离鹿儿岛市太近且常年喷发，因此鹿儿岛市内垃圾分类中有专门的火山灰分类收集

樱岛大萝卜

鹿儿岛街景

①岛津家族徽记
②尚古集成馆

尾山神社，日本唯一带有西洋建筑风格的神社山门

仙台八幡宫

鹿儿岛近代锅炉放置基座

①鲁迅纪念铜像　②仙台城迹　③瑞凤阁感仙殿

彦根城天守阁

彦根城庭院

①高知城
②坂本龙马诞生地
③山内一风妻子牵马图

荻城遗迹

荻城下町武家老宅

松山城

佐堪温泉馆

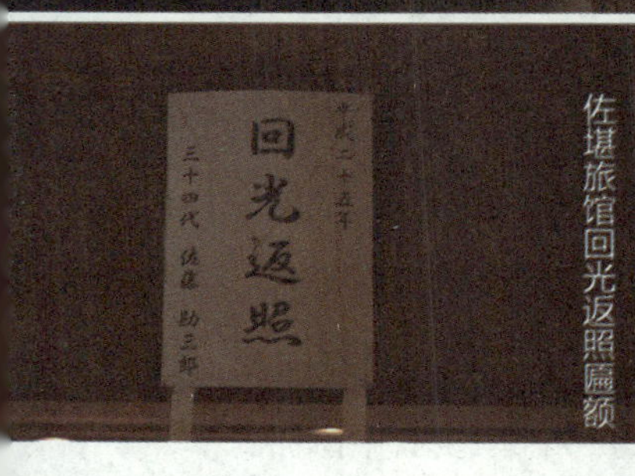

佐堪旅馆回光返照匾额

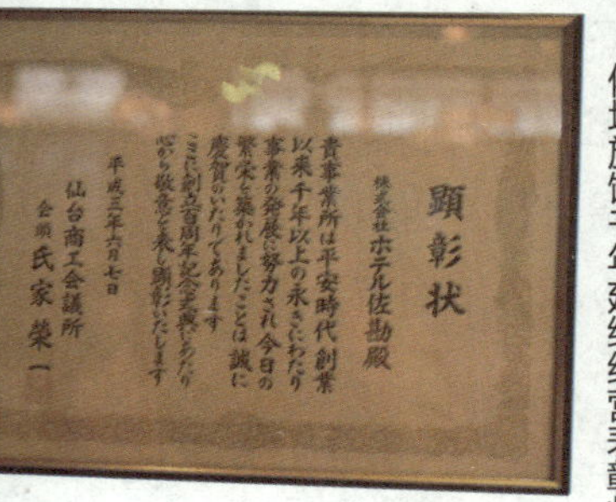

顕彰状

株式会社ホテル佐勘殿

貴事業所は平安時代創業以来千年以上の永きにわたり事業の発展に努力され今日の繁栄を築かれましたことは誠に慶賀のいたりであります
ここに[illegible]記念式典にあたり心から敬意を表し顕彰いたします

平成三年六月七日

仙台商工会議所
会頭 氏家榮一

佐堪旅馆千年延续经营表彰状

佐堪旅馆纪念馆

小时候，有三件小事让我对日本有了最初的印象。

成都与甲府在很早的时候就结为友好城市。我小学的时候，甲府市一个代表团到成都访问，去了我们学校。学校为了欢迎日本来宾，组织过一堂规模较大的公开课，公开课开始的时候，学校组织我们这些小朋友唱一首日本民歌《Sakura》。当时采用的就是最简单的汉字标音法来唱，所以其实一个日文字母也没教我们，也不知道那些日本来宾听懂我们在唱什么没有。从那个时候开始，我就知道了日本有樱花。

第二个印象是，20世纪90年代初，爸爸第一次去美国，由于当时中国直飞美国的航班很少，需要在东京转机，就特别预订了晚一点的机票，在东京停留了一天。不过因为爸爸停留的时间也非常短，所以在他与我的交谈中，给我的日本印象只有一个，就是日本的火车票很贵。那个时候，父母的工资也就每月三四百元，日本动辄上千日元的火车票，反差非常大。

第三件小事，源于妈妈此后不久去日本交流。去的是至今都很少有中国游客的山梨县甲府市。那个时候觉得，日本这个国家真是奇怪，县居然相当于省，县比市大。在她当时的印象中，甲府市是一个非常干净且现代化的城市，比我们国内领先很多。她给我的记忆，则是日本有很好的温泉和美丽的富士山。另外还有一件很有意思的事情，她说其实日本冬天很冷，但不知道为什么，女生的校服总是短裙加一双长筒袜，难道不冷啊？

中学以后，我更多的是从日本的游戏中认识日本，特别是日本光荣公司的《信长之野望》系列。还记得刚开始接触这款游戏时，是在初中，那个时候电脑都还是DOS时代，所以我学着使用日文DOS驱动系统玩这款游戏。从那个游戏中，开始对日本的历史有了一些兴趣，知道诸如织田信长、丰臣秀吉、德川家康、武田信玄、上杉谦信、前田利家、石田三成、明智光秀、伊达政宗等日本战国时期的著名人物，但对于日本也只是一个朦胧的印象。

2011年我第一次到日本访学，所待的地方在北陆金泽附近。其实在来日本之前，并不知道这个城市，非常陌生，只隐约知道是日本的古都之一，战国时代著名大佬前田利家的封地。到日本之后才知道，原来前田氏一直是德川幕府时期最大的藩，金泽也是日本古都中最为富裕的地区之一，文化、教育和工艺品制造业发达，出产加贺友禅、九谷烧、轮岛漆器、金箔等著名的手工艺产品。特别是金箔产量占日本的70%～80%。

初到日本是周五，我就利用周末时间去了兼六园、金泽城、武家屋敷、茶屋街和近江町市场等地。给我印象最深的是武家屋敷，觉得真日本，兼六园反而没什么印象。第一次在野村家屋敷日式庭院阁楼茶庭里尝试日式抹茶和点心，觉得房间好小，特别是入口处的门，对于我来说太矮了一些。到日本之前，看了一些有关兼六园的照片，总认为兼六园的灯笼应该很大才对，去看了之后才知道原来也不大，在整个园中并不突出，倒是明治时期所制作的喷水池有点意思。

在金泽城游览的时候，中文导游是一个六十多岁的长者，在日本学习过多年中文，并到中国去过多次，周末自愿为中国游客提供金泽城导游服务。他是土生土长的金泽人，大学也就读于金泽大学，在他的讲解中充满了对金泽这座城市的骄傲与自豪。实际上他的中文很一般，很多时候需要借助事先准备好的中文文字资料和图片来说明，而且有些介绍也显得拖沓、冗长，不过对于初到日本的我来说，还是显得很新鲜。

整个金泽城占地面积比较大（特别是在后来去了很多古城之后，更是觉得如此），天守阁早已毁于火灾，现存的老建筑已经不多了，不过石川门确实非常漂亮，可惜一直在维修。石川门所用瓦是锡制的，氧化以后在阳光下熠熠生辉，这在一定程度上也显示出金泽的富有。

由于有机会到日本各地实地调研，加之到日本之后又知道居然有JR PASS这种好东西，在研究所学生的帮忙下，我学会了利用几大铁道公司网站查询时刻表，随即开始制订出行的具体计划。当时一人出行还是有些紧张，毕竟我不懂日语，但一想到金泽连旅游循环巴士都有中文报站，更坚定了我出游的决心。不过事前也做了很多功课，制订了非常详细的旅游计划，将每个城市都用英文字母标出，且预订了全程的宾馆。

选择第一个旅行的城市时颇费了一些周折。一般来讲，国外游客初到日本，首选东京作为第一个旅行地。但考虑到以后还会去京都赶祇园祭，时间就得往后挪，那先去哪里呢？手持一本Lonely Planet所出的《日本》旅行指南，翻了又翻，最后终于将目标定在了九州最南端的鹿儿岛，书中形容这里是“阳光灿烂，气氛轻松”，有“东方的那不勒斯”之称，不过对于我而言，那就是岛津家族在这里的家族传承。我很想去看看，是什么原因能让这个家族在这里维系着长期传承的力量。岛津氏从12世纪末源赖朝武家政治开始不断扩大自己的势力范围，但一直以鹿儿岛为中心进行统治，中间虽然有一些波折，但主要领地一直没有变化，一直维持到明治维新。明治时代岛津家族主要的分支为岛津忠义本家与父亲岛津久光，在明治维新后均被授予公爵。其他有实力的分家包括了昭和天皇第五皇女子清宫贵子内亲王降嫁的日向佐土原岛津家（幕末时是领有2万7千石的伯爵），其余的被任命为男爵。由于香淳皇后的母亲是岛津忠义七女俔子，因此目前的岛津氏宗家与日本天皇有较为密切的血缘关系。加之岛津敬子（笃姬）嫁给德川幕府第十二任将军德川家齐为正室（御台所），所以岛津家族在近代以来的日本政治中一直是一支拥有很强实力的家族。即使到了今天，岛津氏依然在鹿儿岛有非常强大的影响力，也难怪NHK会在2008年选择《笃姬》作为历史上第七部以女性为主角的大河剧。

在鹿儿岛旅游中，如果只够时间到一个地点参观，毫无疑问首选仙岩园和尚古集成馆，这两个紧邻的景点实际上都是岛津家族名下的产业。传承至今，已有32代。我简要地查了一下岛津家族宗家的传承，发现其中没有进入政界高层的只有31代的岛津忠秀，而他是日本著名的水产学家和收藏家。

去了鹿儿岛之后又回想起金泽，发现金泽又何尝不是这样。自从前田利家于1583年进入金泽筑城开始，金泽就一直处于前田氏的控制下，直到废藩置县。

再比如仙台，这一古老的东北最大城市，自1600年伊达政宗开始筑城到废藩置县，就一直是伊达家的领地。

再比如大佬井伊直弼所代表的家族，就从1633年开始长期控制彦根及其附近地区三百多年，现存日本国宝彦根城即由井伊家后人捐出作为历史遗迹。

又如津轻氏亡于弘前，山内氏亡于高知，此种传承，不胜枚举。

在日本的名城中，藩属变化比较大的其实很少，比较著名的有松本城。

另一名城姬路也由于历史很长，变化较大。

再比如，大阪城在桃山时代是丰臣秀吉的居城。后来德川家康在1614～1615年以两次大阪之役（冬之阵、夏之阵）消灭了丰臣家，此后大阪城成为德川幕府控制西日本大名的重要据点。

纵观日本历史，日本的很多城市都深深地留下了家族的印记。其中一部分原因可以解释为德川幕府时代，整个日本的地区结构相对稳定；而从另外一个角度来看，也可以说是一个家族对于一个城市，有着非常突出的作用。家族的传承、家族的认知以及家族对中央政府的态度，直接决定了一个城市的性格。

日本城市的家族传承只是日本传统文化传承的一个典型例子，实际上“传承”这个词语在日本民众中有很强的意识基础。日本的文化在历经激烈的社会动荡、频繁的内部战争以及“二战”的重创后，其文化传统不但没有消亡，反而长久、稳定地维持着其核心的精髓而不断地传承着。日本很多的商铺都写有创业时的年份，百年老店并不稀奇，甚至有多家传承上千年的家族企业。例如在石川县，就有建于养老2年，传承了46代，历经1300年的温泉旅馆，其家族的经营者至今还延续着千年以来早间为宾客烹茶的传统。

プロ野球スター選手

Chapter 02

棒球英豪

东京郊区的河边棒球场

周末的棒球男孩

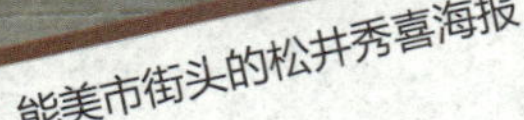

能美市街头的松井秀喜海报

甲子园纪念球墙

2011年第93届甲子园大赛

甲子园球场外景

甲子园球场内景

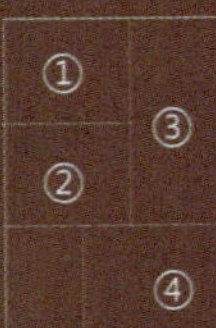

①若田光一签名棒球
②泽惠希签名棒球
③松坂大辅比赛装备
④松井秀喜的无奈

全国高等学校野球選手権大会
歴代優勝校
日本高等学校野球連盟・朝日新聞社
選抜高等学校野球大会
歴代優勝校
日本高等学校野球連盟・毎日新聞社
第74回(2002年)
報徳学園
(兵庫)
第75回(2003年)
広陵
(広島)
第76回(2004年)
済美
(愛媛)
第88回(2016年)
第89回(2017年)

甲子园优胜纪念地砖

仙台乐天鹰队主场入口的棒球雕塑

铁杆粉丝的帽子

八幡商啦啦区

获胜后的作新学院

VISION
ジョージア
ベースボールナイター
TIGER
ブルガリア
楽天
DUNLOP
一番搾り
JR東日本
AEON
JINRO

夕阳下的仙台棒球场

在我很小的时候，电视机还是非常稀罕的东西。不过我家里就有一台，是日立牌14吋黑白电视机。小朋友最喜欢的是动画片，可惜那个时候国产动画片几乎没有，因此，我们都是看着日本动画片长大的。印象比较深刻的有光头一休哥，总是用两根手指头在头上比画，万事难不倒的超级小孩；有穿着黑色热裤、举手就飞的阿童木；后来是机器猫叮当，为什么他总会有那么多宝贝呢，给我一两个就好。小学时改看《圣斗士星矢》《七龙珠》《侠探寒羽良》《猫眼三姐妹》等，那个时候，如果谁有这些书，将会迅速提高在同学中的地位。等到初中，就是《灌篮高手》的天下了。现在很多去日本旅游的朋友，都专门去镰仓拍那几个其实在日本生活中很常见的场景，比如火车开过、日本小巷、高等学校什么的。不过我一直对《灌篮高手》不太感冒，我更喜欢的是高中时代看的《棒球英豪》。

棒球在日本是一项广受欢迎的运动，路过日本很多学校，发现几乎都有一个棒球场，从小学到高中，日本人对棒球的热情一直不减。工作以后，人们也经常周末打棒球，有很多公共的棒球场位于城市近郊或者是河滩上，一到周末总是人满为患。

我在日本所待的位置相对偏僻，在北陆的金泽，为了来往方便，每次从国内过去都是从上海飞小松。记得第一次到日本的时候，几个留学生去机场接我，出机场不远他们就指着一幢建筑物告诉我，那里是松井秀喜纪念馆，他是日本最为出色的棒球运动员之一，可彼时我对其还一无所知。我待的这个地方很小，只有三万多人口，却出了令当地人骄傲的两个著名人物，一个是日本前首相森喜朗，另一个就是松井秀喜。这引起了我的兴趣，感谢度娘的帮助，网上有很多松井秀喜的资料。原来他不仅仅在日本非常出名，去美国职棒发展以后，也很出色。可惜我所在的地方没有顶级联赛中的职棒队伍，而等到我真正有机会到现场看职棒比赛，已经是在两年以后的仙台了。

每年日本的职棒比赛大约会持续半年，分为太平洋联盟和中央联盟，有点像NBA的东西部。其中读卖巨人队、阪神老虎队、福冈软银鹰队、乐天鹰队、广岛东洋鲤鱼队、东京养乐多燕子队等都具有较高的知名度。通过恶补，也知道了很多日本著名的棒球运动员，比如早年的王贞治、野茂英雄，去美国发展的松井秀喜、铃木一郎、藤川球儿、松坂大辅，日本年轻一代的优秀棒球选手田中将大、坂本勇人等。在日本棒球的比赛季节，一般一周来说会有4场比赛，电视台均会选播其中的一场，所以很多时段，都能从NHK BS1的转播中看到日本的职棒比赛。等到8月初的时候，日本的多数民众关注的重点就从职业运动员转回到高中生的身上，因为《棒球英豪》中所描述的甲子园比赛开始了。无论是在漫画还是现实生活中，打进甲子园都被认为是高中生棒球最辉煌的经历。在安达充的《棒球英豪》之前，虽然日本也有水岛新司等漫画家的一系列棒球漫画，但是因为时代的关系在中国几乎没有得到传播。相比其他漫画，安达充实际上是用棒球来串联普通人的中学生活，借助棒球与甲子园来讲述青春与青涩的爱情，使得我们这些根本不了解棒球的中国学生，也同样能被故事所感动。

到了日本之后才知道，日本高中棒球分为春季棒球选拔权比赛和夏季棒球选手权比赛，《棒球英豪》中所讲的是历史更为悠久，也更为重要的夏季棒球选手权比赛。在每年夏天，从全日本四千多所高中中脱颖而出的各县和分区代表队汇聚甲子园，为了青春与梦想战斗。2013年的夏天，代表宫崎县出战的延冈学园历史上首次进入甲子园决赛，虽然最后3:4输给了代表群马县出战的前桥育英，但已经超越48年以前的宫崎县代表队高锅，实现了宫崎县历史上的最佳战绩。当他们回到宫崎县延冈市的时候，全队被首藤正志市长授予市民荣誉赏，更是有超过500名市民自发前往颁奖会现场助威。而在此之前，延冈市也只有日本著名马拉松选手谷口浩美、著名游泳选手松田丈志等5人获得过该项荣誉。而在这背后，是类似《棒球英豪》的情节，是颇具青春与梦想的故事。延冈学园经理牧野直美，为了帮助三年前溺水而亡的男友藤井将宏实现甲子园的梦想，经过艰苦努力终于成为棒球队的经理。当她站在甲子园的赛场上时，我想她的心情一定和达也、小南一样——虽然她不像小南那般幸运，无人陪在她的身边。

在日本高中棒球比赛中有春夏连霸的说法，即是指连续夺得春季和夏季比赛冠军。选手权比赛始于1915年，选拔权比赛始于1924年。历史上第一支夏季连冠球队是1921～1922年的和歌山中，历史上第一支春季连冠球队是1929～1930年兵库县的第一神港商，历史上第一支真正意义上的春夏连霸球队是1962年的作新学院。不过我所在的北陆地区实力比较弱，还没有中学有夺冠纪录，2013年代表北陆地区富山县出战的富山第一次打入了八强，创造了近年来的最佳战绩。

8月份，整个日本都沉浸在甲子园的比赛氛围中，好几次我在车站转车的时候，车站候车室中的电视播放的全是甲子园比赛，甚至是一些地区的预选赛直播。这群娃娃运动员去甲子园比赛之前，一般还会受到邀请去县厅做客、与知事共进晚餐，或者参加一些在中国看似至少需要一线职业运动员才会得以被邀请参加的活动。好像这群高中生身上，承载着整个地区的希望。其实日本的高中棒球宗旨中早就指出，学生棒球永远是教育的一环，要通过棒球运动，教会学生以年轻和执着挥洒青春的热血，培养不气馁、不放弃和勇往直前的精神。所以这一从1915年开始举办的活动（期间由于“二战”原因，停办了1941～1945年的五届比赛），远远超过了棒球比赛本身的意义。无论是场上的运动员，还是现场的每一个普通观众，几乎都通过高中棒球这个纽带被紧密相连。现场洋溢着青春和热血的拼搏，完成了课堂教育无法实现的人生感悟。所以我当时就决定，一定要去看一看甲子园的高中生棒球比赛。

甲子园球场现在是日本职棒劲旅阪神老虎队的主场，位于兵库县西宫市甲子园町1－82，具体位置大概在大阪和神户之间，能容纳观众50454人，是日本最大的棒球场之一。该球场完工于1924年8月1日，该年为甲子年，因此命名为甲子园大运动场。同年，第10届全国中等学校棒球大会迁至该地举行，因此又被称为甲子园野球场。而在那个时候，日本都还没有棒球联赛，大阪棒球队也是在球场修好4年之后才成立。可以说，这个球场自建立之初就承载着中学生棒球的梦想，而不止是职业棒球的比赛场地。

2011年8月16日，我专程提前一天赶到神户，计划去甲子园看第93届高中棒球选手权大会。当天天气晴朗，阳光甚至有点刺眼，一早从神户出发沿阪急线前往甲子园。刚一上车，就发现很多人都带着小喇叭等加油工具前往。一到甲子园，满车的乘客蜂拥而出，根本就不用看指示牌，跟着大部队的方向就是球场。当我第一次看到甲子园球场的时候，我觉得和漫画里有点不一样，在漫画中球场壁上的爬山虎被整洁的瓷砖所代替。长长的排队人群让我感受到了热烈的氛围，也有几分沮丧，这么长的排队等候队伍，让我觉得好像进去看比赛的计划可能无法实现了。不过也无所谓，去看看甲子园历史馆和球场周边也好。

沿着球场边逆时针方向慢慢移动，首先发现的是所有代表队的校旗和学校的举牌，简直是留影热点。纪念品发售的地方也很有意思，甲子园比赛的纪念品和日本职棒的纪念品一样，什么都有，如小旗、帽子、围巾、毛巾、棒球、甲子园歌曲CD等等，人头攒动，收银处更是排着长长的队伍，我买了几个纪念棒球、两张纪念CD和两条纪念毛巾（没想到毛巾后来发挥了大用）。甲子园历史馆人也很多，进去参观后发现，高中棒球的内容占了一半，专门被命名为高校棒球圣地，其他还有一些职棒和甲子园橄榄球比赛的东西。布展的是比赛纪念球墙、著名运动员的比赛装备、比赛中的各种纪录、其他名人的签名棒球（比如日本女足10号泽惠希的签名棒球）和一些珍贵的老照片。

出了球场之后意外发现，原来排队买的票是比较好的座位，或者是排队等候比赛中双方啦啦队所在区域的门票。而外野有很多区域是免票的，当有一些观众离场之后，就可以自由进入差不多的观众。这一意外发现让我惊喜，只排了一小会儿队之后终于进入到甲子园场内。场地看起来和漫画里的差距不大，差距大的，是在漫画中所不能体会的高中棒球比赛热度。日本的棒球场地中一般都有两块专门的啦啦队区，一个队的啦啦队坐一块儿。一般来讲，只有在各自队伍进攻的时候才会喊各种口号和唱各种啦啦歌，而且在本方的进攻回合中好像没有谁坐下，基本都是站着的。高中棒球更是如此。啦啦队区的观众大多是学校的学生、运动员家长和校友，所以可以说是武装到牙齿，几乎全是统一的服装、统一的加油装备，不过当时比赛的双方中滋贺八幡商毕竟地理位置要近很多，就在关西地区，所以啦啦队人数明显超过枥木作新学院，不过作新学院这几年实力都比较强，最后以6:3获胜。无论是胜利还是失败，球队都受到了双方啦啦队的热烈拥护，对于这群高中生来讲，实际上打进甲子园就已经实现了梦想的第一步。失败方的球员们夹杂着泪水与汗水捧起一抔甲子园的泥土，装进早已准备好的容器中，应该会成为他们毕生的纪念。

出场之后还看到一个很有意思的场面，已经参加过20次甲子园大会的强队智弁和歌山抵达球场，瞬间就有好多球迷蜂拥而至，围着这群高中生疯狂地追逐和拍照，好像他们是一群日本体育大明星一样。

后来才知道，2011年代表爱知县出战甲子园的至学馆深深地感动着刚刚经历东北大地震的日本人，特别是爱知地区选拔决赛的比赛，已经被认为是2011年最感动人的比赛。至学馆高校在棒球高校林立的爱知县实力并不出众，而在出战甲子园之前，球队王牌投手桐林史树犹如真人版的上杉和也一般，在和女友知世在从东京迪士尼的毕业旅行返程中遇到车祸丧生，年轻的球员们为了队友的梦想，不断激励自己，如同上杉和也一样，每一场比赛投手都会将桐林史树的照片带在身上。雪上加霜的是，球队二号投手麻王健之郎因伤势过重不得不告别投手生涯。残酷的地方不只在于他再也不能穿着制服上场比赛，更在于他不能再和身为球队教练的父亲麻王义之一起去战斗了。在这个伤感，甚至有些绝望的时刻，队友们给予了健之郎“因为有你在，我才能努力下去”、“一个人抱着痛苦是没办法踏出下一步的”等亲切温暖的鼓励。健之郎迅速从悲伤中走了出来，转任球队经理兼记录员，他在记录中写下“为能够活着这个幸福而感谢，为能够打棒球这份喜悦而感谢”。

在地区选拔赛上，至学馆每一战都是苦战，几乎全部都如漫画般在落后的绝境下逆转对手，每当球队陷入苦战的时候，全队总是望向投手板，在桐林学长注视的天空下继续努力拼搏。爱知选拔赛的决赛终于到来，至学馆的对手是已经3次打入明治神宫球棒球大会决赛、1次夺冠，2次打入春季甲子园决赛、1次夺冠的棒球名门——爱工大名电高校。单看校友就有铃木一郎、谷口雄也、堂上刚裕、堂上直伦、石田淳也、柴田亮辅等无数知名的职棒选手。至学馆高校的体育项目其实名气很大，知名校友有获得过世锦赛五连冠和雅典奥运会冠军的著名女子摔跤选手伊调馨，世锦赛冠军著名女子摔跤选手西牧未央，知名女子摔跤选手坂本真喜子，知名女子高尔夫选手土肥功留美等女子运动员。原来至学馆原名中京女子大学附属高等学校，曾经是个女校，直到2005年才改为男女混校并改名至学馆，在长期的传统里，该校一直以女子摔跤和田径作为传统项目，而他们的棒球部直到2006年才成立。 其实在此次决赛之前，他们没有打入过任何大型比赛，没人看好他们，资源也不足，总是要等其他社团练习完后，棒球部才能开始练习。平日练习用的棒球场，是和垒球部、田径部共用的，而且只有在周三才轮到棒球部使用。将拖鞋戴在手上，在走廊里用网球进行接地滚球的练习；在停车场练习走十米长的钢丝，培养自己的平衡感；只有到周末，他们才可以到他校的好球场打练习赛，趁伙伴学校放学后翻进去练习。没有人看好没关系，没有好的练习场所没关系，甚至没有足够的棒球装备也没关系，他们凭着自己默默的努力，一点一滴地练习着。决赛的比赛场上，双方你来我往地缠斗，在每一局的比赛中互有胜负。一开局就对至学馆非常不利，爱工大名电夺得2分。之后至学馆发挥一点也没有受到影响，在3 ~ 5局连夺4分反超。然后在第6局，爱工大名电扳回1分。 比赛进行到最后也是最关键的第9局，爱工大名电仅落后1分，而且凭借棒球名校的底蕴完成1人出局、满垒的绝对优势任务。甲子园就在眼前，然而这一步却无比艰难！至学馆高校选择暂停，全部队员齐聚投手板望向天空，期盼桐林能够从天国带来奇迹。在奇迹与汗水之间，至学馆连续刺杀爱工大名电两位选手结束了这场拉锯战，第一次赢得地区冠军。虽然至学馆在随后甲子园比赛中，第一轮就以1:8的悬殊比分惨败于来自大阪的传统强队东大阪大柏原，但无碍校歌《追梦人》在2011年的夏天成为甲子园最受欢迎的歌曲："登上最高的地方，摘下最亮的星星；选择了最艰辛的道路，带着最坚定的心灵；远渡大海微风轻拂，仙后星座近在眼前；一直追逐着梦想，终于来到这里；但不知为何，热泪不断地流下；在我低头失落时，见到了你；你对我伸出那洁白的手，就像翅膀一样。"

其实看日本职棒比赛，感觉和甲子园比赛还是有很大差别。2013年在仙台，看过一场备受瞩目的东北乐天鹰队和读卖巨人队的比赛，专门坐在了主队东北乐天鹰队的啦啦区，入场的时候还发一厚沓资料，上面光是啦啦歌就有三四十首，每人配发歌词，要不在这个卡拉OK的时代，谁能记住那么多歌词啊。在本队进攻的时候，球迷区的人们几乎全程站立看球，跟随啦啦指挥的带领整齐地唱着啦啦歌或者喊着各种口号。中间还会放两次气球，好像是一场盛大的聚会，而不仅仅是一场体育比赛。

但总感觉没有甲子园那种战斗与热血的感觉。

鉄道と電車

Chapter 03

铁路与火车

普通野　町
70th
地域とともに
走り続けて70年
北陸鉄道

北陆铁道野町——鹤来线

雷鸟号列车一等座

樱花号新干线车头

长野开往松本的AZUSA特快列车

四国方向的南风列车

东日本秋田新干线列车

①函馆——大沼号观光列车
②JR地区线路上的女性专用列车
③长崎开往豪斯登堡的旅游列车
④开往伊豆半岛的踊乐子号列车
⑤穿越津轻海峡的白鸟号列车

东日本铁道的双层新干线列车

日本最早轻轨列车

①私铁箱根铁道
②开往城崎温泉的特快列车
③名古屋开往长野的特快列车
④私铁高野山线
⑤开往水上站的普通列车
⑥开往鸟取、仓吉的列车

京都站中的人流

AY COMPANY
SUNSHINE
SUNS
KYUSHU RAIL
JR West

阳光宫崎号列车

米子车站遍布各种妖怪车厢

①JR豪斯登堡站
②JR松本站老站牌
③JR下吕站
④下吕站是诸多电视剧的取景地

私铁高野山线

浜站内的彩色玻璃画

JR奈良站

JR门司港站

JR东京站

①日本最北火车站JR稚内站
②镜港站
③私铁别所温泉站
④富士急河口湖站

薰衣草季节的JR临时车站

第一次到日本的时候，虽然事前也有一些准备，但是并不充分，对于日本的铁路印象就停留在“新干线”三个字上，感觉日本的铁路就等同于新干线。真正在日本旅行之后才知道远非如此。

到日本之后，我所在的研究所发了一份很厚的说明给我，才发现进城居然要坐电车和火车。想象中的电车是小时候城市里的无轨天线版，第一次坐了之后才知道，原来在日本他们所谓的电车，其实也是火车。不过这种火车大都是属于私人公司的线路，日本也称之为私铁。而与私铁对应的，则是在日本最为方便的JR铁道。第一次坐车进城，其实还是有点紧张，对于不会日语的我来讲，坐过站是最怕的事情。所以坐在车上眼睛眨都不眨，一直盯着窗外，可以说是看风景，也可以说是寻找着快到站时的站牌。这一段私铁线路实际上已经有上百年的历史，可想而知，这里的开发是非常早的，地方财政一直比较充裕。沿北陆铁道从鹤来驿上车，发现整个车站和车都已经非常古老，车厢少说有三十年以上的历史了，小站也非常简陋，多数都是无人值守站台。车开出一段之后，有一位女性的乘务员在车上查票，发现我不懂日语，还给了我一张英文的站名表，感觉很贴心。后来有一次在《中国国家地理》上看见一张冈山电车清晨学生上学照，大概就是在这种地方铁道的车上拍的。

经过二十多分钟到了需要换车的金泽，跟着人群往JR的西金泽站移动，然后买票换乘JR铁路的车次移动到了金泽。当时觉得非常新鲜。

由于北陆根本没有新干线（2015年通车），所以我第一次在日本坐新干线，已经是抵达日本很长一段时间之后了。那是第一次在日本远足，选择了鹿儿岛作为第一站，自然将火车作为主要的交通方式。

从金泽坐JR北陆本线的特快列车到新大阪转车之后，前往鹿儿岛。其实当时很奇怪，为什么要叫新大阪，后来才发现，有新字的多是新干线的车站。从新大阪到鹿儿岛这一段，是新干线，这个线路的新干线还有个好听的名字叫作樱花号。在站台候车的时候，发现不少人对新干线充满了好奇，纷纷拍照。其实这一代的新干线车头已经不太像子弹了。上车之前，发现地面和指示牌都有车厢位置的图标，感觉很奇怪，难道火车还可以停得这么准啊？列车进站之后，发现确实是严格按照指定位置停车的，对于日本的精细化管理很是佩服。站台的排队图标也很有意思，有先行列车和后行列车两列排队路线。发现大家都按照排队图标的指示，很认真地排着队。队伍很长，而且多个队列之间相互交叉，但秩序井然。

日本的新干线位置比较宽，座椅也比较舒服，而且如果非大假期间，人很少。车厢分为三种，一等席、预订席和自由席，这几年在东北新干线上又出来一种高级席，只看过照片，感觉和飞机上头等舱的平躺座椅类似。新干线开动之后，提速很快，新干线会车的时候，车厢的抖动感还是比较强的。车快到站的时候，车上的广播开始报站，在日语和英语的报站信息之后，还有中文的报站语音。当时我还以为所有的新干线都有中文报站语音呢，后来才知道只有樱花号新干线有。列车在博多站停下后，发现列车上乘务员换了一批，当火车从博多站开动的时候，JR西日本的乘务员都温柔地鞠躬送行列车。这个时候对于日本JR不同的铁道公司有了初步的理解，列车从新大阪到博多，是由JR西日本运营，而过博多之后，就由JR九州运营了。除了前文所提到的JR西日本和JR九州之外，还有JR东日本、JR东海、JR四国和JR北海道等四家铁道公司，其中最大的是JR东日本，在世界五百强中大致排第300位，是日本最大的铁道企业。目前除了货运公司仍为全国性经营外，各客运公司大致上皆有固定的管辖地域范围，彼此之间保持着既竞争又合作的关系。

日本国铁自1949年从官营事业体改组为公共企业体以来，一直以“国民的脚”自居。根据《日本国有铁道法》第一条的规定，国铁设立的目的，一方面希望借由公营事业的经营形态，达到经营的自主性、效率性，同时也希望达到增进公共福利的目的。因此，日本国铁具有公共性和企业性的双重性质。然而，1960年以后，随着产业结构的变化以及国民所得的增加，国铁逐渐丧失了交通市场上的独占地位，其经营从1964年开始亏损，到20世纪80年代，长期赤字和负债达数十万亿日元，致使日本政府开始研拟将国铁分割、公司化与民营化，以改善经营状况。1981年，自民党向国会提出《国铁再造特别法》之际，向国会提出：“国铁再造最后的办法，就是全面转移民营。”时任日本首相铃木善幸任命的第二届行政改革临时委员会在研究解决政府财政危机的问题时提出日本国铁必须改组，并要求成立一个委员会，即日本国有铁路改组监督委员会来专职负责此项工作。该委员会于1983年开始履行职责。在日本前首相中曾根康弘任下，日本在铁路系统开始了“国铁分割民营化改革”。1986年11月，日本通过《改革法案》，决定国铁正式分割民营，采取特殊公司化和分割两种方式。1987年4月1日，国铁依照日本国会所通过的《国有铁道改革法》，分割为7个各自独立的特殊法人——包含6间铁路客运公司与1间铁路货运公司。最初依同一法律成立，仍旧保有7间公司全部股份的特殊法人“日本国有铁道清算事业团”，之后逐步释出所持有的股份，以实现民营化的目标。

日本铁路改革主要是通过债务分担、裁减员工数量和废止边远线路改为巴士运行等多种方式完成。在债务分担方面，在总计37.5万亿日元的债务中有14.5亿由经营预期较好的三家本州地区JR公司承担，其余债务由政府设立的国铁清算事业团来负责清理。在人员方面，旧国铁在1965年时拥有员工46万余人，通过民营化改革精简近半数人力，改革后仅剩下员工27万余人，后来甚至精简至19万人，很多边远车站改为无人站。

虽然现在很多人都认为好像日本铁道的改革在1998年（以日本国有铁道清算事业团的解散为标志）就完成了，日本铁路民营化的目标也可以说是实现了，但改革中的重要目标盈利可以说至今也没有完全实现。JR东海、JR东日本、JR西日本这三家位于日本本州，搭乘人数较多、边远线路较少的铁道公司通过股票沽出的方式在2006年完成了民营化的目标，而且在经营上都有了长足的进展，早已实现了扭亏为盈。而JR北海道、JR九州和JR四国边远线路较多，运营事业先天不足，在民营化初期就是由独立行政法人持有100%股份的形式实现的，股票没有上市的特殊营运事业体，JR九州由于近些年来旅游事业的快速发展，2006年扭亏为盈，但其中副业收入占65%以上。而边远的JR北海道和JR四国至今仍处于比较严重的亏损状态。

日本新干线的票价是比较贵的，每公里票价合24日元左右，不过在票价之外，会有一些折扣。比如往返票折扣、提前预定折扣、会员折扣等等，另外对于中老年人和学生也有比较多的优惠。例如参加日本铁道的大人休日俱乐部，50岁以上可以9折优惠，60岁以上则可以拿到7折票价。大人休日俱乐部的代言人是在中国也有很高知名度的日本著名影星吉永小百合。

其实除了一些旅客人数比较多的铁路干线外，日本很多边远铁路乘坐是很有意思的。还记得有一次晚上从益田坐车到出云，就遇到过一次一节式火车班次，驾驶员、乘务员一肩挑。日本铁路有很多无人值守站点，有些站点只在工作时间内会有人值守，因此日本铁道又有了一种叫作整理券的东西，上车的时候拿一张整理券，上面会有一个数字代码，下车的时候凭整理券缴费。如果是无人值守站点，就直接将券交给乘务员。这种运营方式和日本的公共汽车基本一样，给我的感觉就像是在轨道上跑的公共汽车。

日本铁路分为新干线、特急（急行）、新快速、快速和普通等几种类型，但实际上除新干线外，其他种类的列车车速并不快，而且区域差异很大。例如新干线算上停站时间，大都可以达到约220公里/小时的运营速度；但特急列车速度差异就很大了，特急列车从金泽到大阪可以达到约104公里/小时的运营速度，而北海道从旭川到网走的特急列车就只有约63公里/小时的运营速度；如果换成快速的话，从松江到益田的快速列车就只有约52公里/小时的运营速度了。

日本各地的列车无论是从车头、车身的颜色还是外形，都充分彰显出各自的地方特色。

基本上日本所有的铁路站点，都有一些印章可以供游客收集，这些印章是一些著名的历史人物、历史事件，或者只是一只特有的动物或一个动画人物。

在今天的日本，私铁在地方交通便利性上依然发挥着较大的作用，某些著名景点的旅游线路更是被私铁把持。例如箱根铁道、富士急、伊豆急铁道等等，不过从车辆的质量上来看，都远远不如JR线路的车辆。

除了各自运营外，还有混搭线路。例如从越后汤泽坐火车到金泽，就会经过一段私铁线路，在车上有私铁的乘务员来收这段铁路的费用。

温泉旅館

Chapter 04
温泉旅馆

白川郷の湯

白川乡温泉旅馆

加贺屋温泉旅馆灯笼

加贺屋的美食

①下吕温泉城
②下吕Armeria酒店走廊
③温泉旅馆准备的和服廊
④温泉旅馆准备的茶食廊

草津温泉清重馆

草津温泉汤源风光

草津温泉传统习俗

云仙温泉镇地狱谷

长野法师温泉长寿馆

御幸庄花结晚餐

①花树海旅馆晚餐
②③丸荣旅馆晚餐

道后温泉

道后温泉前的人流

云仙观光旅馆

云仙观光旅馆阅览室大堂

云仙观光旅馆晚餐

长野法师温泉长寿馆

阿寒湖鄙之座

贝挂温泉

伊豆高原艺术村

伊豆城崎海岸

下田海岸黑船模型

下田站

下田海岸

青森通往十和田湖的公路

十和田湖

田泽湖边的标志性塑像

田泽湖边的小神社

御宿一禅

御宿一禅庭院

御宿一禅餐室及晚餐

御宿一禅的精美晚餐

别府八汤

城崎温泉

入夜的城崎温泉镇

山间酸汤温泉

立山的象征——雷鸟

立山

立山冰湖

立山雪壁

天草Alegria旅馆晚餐第一款

天草Alegria旅馆晚餐第二款

①

③ ②

①宝川温泉风吕
②宝川温泉塑像
③宝川温泉露天风吕

既然有机会长期在日本，温泉旅馆是一定要体验的。第一次在日本入住温泉旅馆，是在白川乡。一般人去白川乡旅游的目标都很明确，就是世界文化遗产合掌屋，因为白川乡景点集中，实际上在白川乡住的人相对很少。在去白川乡旅游之前，其实比较忐忑。那是我在日本第一次开始独自旅行，去的还是一个相对冷门的地方。提前很多天在网上搜索到了一个白川乡温泉组合的网站，希望通过网络来订一个房间。可惜网站上只有日语，我半猜半悟大致能知道意思，但是订房却始终不能完成，后来在一个留学生的帮助下，才预订好房间。

那个留学生告诉我，在日本，温泉旅馆被认为是最好的旅馆。那个时候还没有体会，后来才知道确实如此。一般来说，好一点的日本温泉旅馆的价格都会远高于附近地区五星级宾馆的价格，而且常常需要提前很长时间预订才有房间。日本最大的旅行社JTB每年都会评选出日本百佳旅馆，如果仔细查看就会发现，其标准很简单，那就是温泉、美食和服务。比如长期被誉为日本最佳旅馆的加贺屋，实际上其地理位置相对边远，位于能登半岛的和仓温泉，远离关东和关西地区，而且其房间内的硬件设施远远不如很多的五星级酒店，但绝佳的温泉体验、精致的食物和贴心的服务，却是其赖以成名的关键。我们在入住的时候，就有位服务员一直耐心地用英语为我们介绍着各种餐食，让人觉得非常贴心。

传统的日式温泉旅馆主要有两种入住方式，一种是比较普遍的一泊二食，也就是入住一晚，带晚餐和早餐；还有一种少见一些的素泊，也就是不带餐食。更多的温泉旅馆是一泊二食的方式。特别是一些著名的旅游地，附近很少餐馆，而且很多都只经营午餐和下午的甜品，晚上都不营业。所以在日本旅游，最好选择一泊二食的方式。这也就导致了另外一个现象，除了像东京这样的少数大城市以外，日本最好吃的东西都集中在宾馆的餐厅。

在白川乡住的这个旅馆，在当地可以说是条件最好的。有当地最有名的温泉，餐食也很丰富。这家旅馆也有比较长的历史，总是感觉自己走在全木制结构旅馆中的每一步，都会带出些历史的气息，因此总是小心翼翼地迈步，以免带起记忆的尘埃。

晚饭后准备开始在日本的第一次温泉体验，仔细阅读了旅馆给我的英文说明才发现，原来日本温泉，是要求你先把自己洗干净了，才能进入温泉池中的。温泉池分为室内和室外两种，室外温泉有一个比较好听的名字叫作露天风吕。现在的日本温泉绝大多数都是男女分立式的了，传说中的男女混浴在日本其实已经很少见了，只是作为一种日本传统在一些边远地区还顽强保存着。在日本泡温泉的体验中，很喜欢露天风吕的感觉，可能是因为我的耐热性不好吧，总是会认为室内温泉池太热了。

在白川乡之后，我选择的下吕温泉是日本三大温泉中比较偏远的一个，但又是唯一可以通过JR线路直达的一个。日本传统的温泉认知中，会认为草津、有马、下吕为日本的三大温泉地，当然也有一种认知认为草津、道后和秋保为日本的三大御汤。

草津温泉是日本三大温泉中距离关东中心最近的一处著名温泉，有私铁直达东京，如果是搭乘JR前往并不便利，需要从高崎转乘JR吾妻线在草津口站下车，然后转乘当地巴士才可到达。草津温泉比下吕城略小，又比有马温泉略大，整个温泉小镇遍布古朴的色彩，老街与老景相映成趣。

在草津温泉时选择了一个大型的家庭温泉旅馆——清重馆作为停留地，入住之后在走廊中突然发现了惊喜，原来这里曾经还接待过日本著名动画电影巨匠宫崎骏。虽然已经是十多年前的事情，但是也让我这个伪动画迷激动不已。

日本多年以来一直在推进以“可爱”为核心的文化运动，宫崎骏是其中的杰出代表，可以说Hello Kitty和宫崎骏代表着日本的文化。有意思的是当晚住在这家旅馆的人并不多，但全是外国人。我很奇怪为什么会这样，老板说可能因为不是周末的原因，周末会有很多东京来的游客。

草津温泉的一个固定表演是，身着传统服装的女性一边唱歌，一边翻转板子。因为不懂日文，所以只能猜测，可能是因为温泉温度很高，所以希望通过这种方式来快速降低水温吧。

一顿比较标准的日式温泉旅馆晚餐，不算精致，但很丰富。还会供应米饭和酱汤，可任何饮料都需要另外付费，茶水除外。

日本很多温泉的来历都带有一定的神秘色彩，常常会和一些具有灵性的动物联系在一起，比如白鹤、白鹿或者白狐。位于四国爱媛县松山市的“道后”是日本有史可稽的最古老温泉，从当地出土的绳文时代文物推测，道后温泉的历史已逾3000年，甚至有圣德太子（圣德太子曾派遣遣隋使，引进中国的先进文化、制度，其执政期间大力弘扬佛教，在日本历史上留下深远影响）在此入浴的文献记录。因其太过古老，以至于人们更愿意从白鹭沐浴疗伤的传说中追本溯源，相信是飘飘于蓝天、水畔的白鹭与温泉互相赋予了彼此更多的灵性。

日本的温泉旅馆类型多样，有大型、中型和小型之分；有连锁经营的，也有家族独立经营的；有装修现代化、房间为日式的，也有保持着传统建筑类型的。在大型温泉旅馆中，加贺屋、佐堪等都被认为是日式旅馆的典范，优质的温泉、舒适的住宿环境、美丽的风景和精致的膳食缺一不可。在中型温泉旅馆中，丸荣、石灯笼等在日本颇受欢迎。这些旅馆一般位置都很好，位于某个著名风景区的中心位置，利于看海、看湖、看夕阳、看日出等等，服务一般都很贴心。 而在小型旅馆中，有很多是保持着传统建筑类型的，在日本有好几十个旅馆，建筑物本身就是文物。比如在日本非常知名的云仙观光旅馆、法师温泉、鄙之座等等。一般来说，这类型的温泉旅馆会让你更深刻地了解日本。云仙观光旅馆给了我很大的惊喜，它现有的建筑本身是建于20世纪初期的一幢纯木造欧式建筑，建筑整体至今依然沿用，单看外观很难想象这是在日本。餐食也是西式的。交通相对不便也没有阻挡热情的中国游客，因此云仙观光旅馆专门请了一位中国女孩做服务员，我去的那天被派来专门等候我，让我倍感温馨。

群马县的法师温泉位置非常偏僻，从新干线上毛高原站下车后，需要转两次公共汽车才能到达。由于得名源于在日本影响深远的弘法大师空海的游历，所以千百年来在日本都非常有名。又由于Lonely Planet上认为这间旅馆是日本最佳的温泉体验之一，吸引着众多的欧美游客。这间旅馆的温泉水质非常好，特别是法师汤非常润滑，泡在已经逾百年的木造温泉池中，总会有很多别样的感觉。不过可能是由于家庭经营、员工较少的缘故，这间旅馆的餐食在我所住过的温泉旅馆中非常一般，甚至让我想念起方便面的味道。

鄙之座位于阿寒湖畔，由于旅馆规模较小、楼层较矮，于观景阿寒湖而言不能算是最好，但酒店优质的温泉、纯木质的装修、精美的餐食和缥缈的足汤，再加之《非诚勿扰》的印记，住宿体验绝佳。

日本的很多温泉都和日本一些著名人物联系在了一起。比如著名作家川端康成，可以说一个人捧红了好几个温泉。《伊豆的舞女》之于修善寺、汤之岛、伊东、下田，《雪国》之于越后汤泽，日本作家以文字赋予了这些地方更丰富的含义。

探访越后汤泽的时候，我并没有在这座温泉小镇上入住，总是感觉这里有些衰败的气象。而且城市周边遍布的滑雪道和缆车就像蜘蛛网一样盘旋着，总给我一些杂乱的感觉。所以我去了离越后汤泽车站还有好几十公里的贝挂温泉，这是一个号称“秘汤”的地方，相对偏僻和冷门，去的人相对较少。从越后汤泽乘坐开往苗场的巴士，当时已近黄昏，我坐在开往郊区的巴士上非常紧张，一路上注视着路边的指路牌，当巴士抵达贝挂温泉站之后还没有看见温泉，沿着指路牌所引的一条小路走了十几分钟才抵达目的地，当时就有一种心安神宁的感觉，要不然都不知道在陌生的荒郊野岭怎么办了。

伊东位于伊豆半岛中部的东海岸，是JR线路在伊豆半岛的终点。川端康成从年轻时候开始就一直钟爱着伊豆半岛上的众多温泉地，此地过去还有着颇为有名的艺伎，可惜现在仅仅存留一座公共温泉馆东海馆了，馆内常设有一些艺伎展览。

沿着伊豆急铁道从伊豆半岛东海岸一路南下，终点即是《伊豆的舞女》中男主角旅行的终点——下田。这里也是日本被迫打开国门的地方，还曾短暂地成为日本对外交往的中心。我很喜欢这座伊豆半岛南端的城市，温泉、海滨、白沙、美食和历史，复杂地糅合在一起。

近些年来，中国、韩国的电视剧、电影也加入到捧红日本温泉的队伍中来。比如随着《非诚勿扰》的热映，迅速捧红了以阿寒湖温泉乡为代表的日本北海道温泉，其实在此之前，阿寒湖并不是北海道最著名的景点，而且交通相对不便，游客相对较少。但现在几乎成为中国旅游团行程的必游之地。而随着韩剧《IRIS》的热播，秋田的好些旅游点和温泉地迅速走红，可从旅游的角度来讲，在我看来，其实十和田湖的旅游价值比田泽湖大，而且两个湖泊之间距离较近，但由于更为便利的交通和电视剧的宣传，田泽湖边满是各种韩语指示牌和韩国旅游团，让人恍惚间以为到了韩国。日本很希望能多有一些这样的电影或者电视剧，他们也乐于做一些相应的旅游指示工作来方便外国游客，这对于处于恢复之中的日本经济来说，有着非常明显的作用。

如果翻查日本的温泉地图，就会发现，日本遍布温泉，基本上每一个城市附近，都有一个温泉地。但日本人心目中对于温泉地，还是有比较明显的倾向，而Lonely Planet旅行指南系列《日本》2011版上所推荐的温泉地只有别府和城崎与日本人看法一致，其他的大多位于高山上、大海边或者是一些很隐秘的角落。日本人更注重历史的传承感、温泉的水质，而欧美人更注重温泉周边的环境和猎奇。

除了传统的温泉地以外，日本还有一些所谓的秘汤或者单独旅馆的温泉地，也就是说一个温泉只有一家旅馆。比较有名的比如酸汤温泉、宝川温泉汪泉阁、贝挂温泉、法师温泉长寿馆（群马）等。这种温泉地一般都具有比较悠久的历史，由一个家族连续经营了多年。

特别推荐的是位于熊本县东面的天草，它是日本著名温泉地中的另类，这个位于海边的温泉地同时也是日本著名的海豚观赏地，据说有三百多头海豚生活在附近的海湾里。这里和另一著名温泉地云仙隔海相望，有渡轮可以往来。

其实对于游客来讲，在游览完一天之后，如果能有精美的料理、舒适的温泉，无论在哪个地方，都是美好的享受。

日本三景

Chapter 05 日本三景

金阁寺
长崎夜景

函馆夜景

神户夜景

陆奥松岛

丹后天桥立沙洲

安芸严岛神社

濑户内海上看严岛神社

严岛神社建筑群

严岛神社大鸟居落潮时的景象

严岛上的鹿

早晨的严岛神社

夕阳下的严岛神社大鸟居

雨中的天桥立

严岛神社主殿内景

满潮时的严岛神社回廊

伊根船屋游览船乘船点

伊根游览船路线图

喂海鸥的虾条

伊根的古旧村落

伊根船屋

松岛海岸的海鸥

瑞严寺禅林

元通院

通往瑞严寺奥之院的天然石门

来日本之前，如果让我选择一个地方作为日本标志物的话，我会选择金阁寺，印象中那就是日本的样子。

到日本之后，开始认真阅读日本风景。我总感觉日本人也喜欢用三来表示好的意思，如日本三名泉（草津、有马、下吕）、三古泉（道后、有马、白浜）、三御汤（道后、下吕、秋保）、三古都（京都、金泽、松江）、三名园（兼六园、偕乐园、后乐园）、三名山（富士山、立山、白山）、三河川（信浓川、立根川、石狩川）、三急潮（鸣门海峡、来岛海峡、关门海峡）、三巨樱（三春泷樱、淡墨樱、神代樱）、三鸣鸟（日本树莺、白腹蓝姬鹟、日本歌鸲）、三铭石（佐渡赤玉石、神户本御影石、鸟取佐治川石）、三名桥（日本桥、锦带桥、眼镜桥）、三名城（姬路、熊本、松本）、三夜景（函馆山、六甲山、稻佐山）、三秘境（白川乡、祖谷、推叶村）、三朝市（函馆、轮岛、高山）、三史迹（平城京、太宰府、多贺城）、三名塔（根来寺多宝塔、胜漫院多宝塔、慈眼院多宝塔）、三大祭（祇园祭、天神祭、神田三社祭）等。

到日本游览之后才发现，这些“三”中，最有名的还是日本“三景”。日本三景的最早缘起被认为是江户时代日本儒学者林春斋所著的《日本国事迹考》（1643年），其中一段写道：“丹后天桥立，陆奥松岛，安艺严岛，为三处奇观。”这三地后来就被称作“日本三景”。这三处景点早在德川幕府建立初期便已全国闻名，此后逐渐成为日本景色的象征，被编入民歌、教科书等宣传材料之中。

日本是一个岛国，海岸线绵延漫长且非常多样化，海岸线长度远远超过美国、加拿大等国，海岸线十分复杂。西部日本海一侧多悬崖峭壁，港口稀少；东部太平洋一侧多入海口，形成许多天然良港。先天的地理结构造就了日本独特的海洋气质。从古至今不论是文化往来还是人际交流，都离不开海洋，所以在日本曾掀起了提倡设定一个法定节假日——“海洋日”的大规模国民运动。日本政府由此从1996年开始将7月20日定为“海洋日”——即“感谢大海的恩惠，期盼海洋国家日本的繁荣的日子”。2001年6月，《关于修改法定节假日相关法律的部分内容》的法律正式出台，“海洋日”从2002年起改在每年7月的第三个礼拜一，每年7月也被称作是“海洋月”。而日本三景实际上也是日本传统文化中对海洋重视的明证，这三处景点实际上都是观赏海景的地点。

日本三景中名气最大的为广岛附近的严岛神社，这一处景点以严岛神社外侧高大的红色鸟居、变幻的海水高度闻名。早在1996年就被遴选为世界文化遗产，名声大噪，很多日本的旅游宣传照片都能看到这个景点。从严岛神社官方的介绍来看，这座小岛“自古以来便被认为是神岛而备受人们信仰”。这个浮在濑户内海上的小岛上，以相传在推古天皇元年（公元593年）建成的严岛神社为首，大小不一的寺院神社处处可见，自古便受到了许多历史人物的崇拜，尤其与平家一族关系密切。

在舞乐的故事情节中，平清盛（1118～1181年）对严岛的崇敬也为众人所知。由于平清盛在乱世之中屡得胜利，并在官场上一路高升，对严岛的信仰逐年加剧。在仁安三年（公元1168年）以后，严岛上广建各种神社和寺庙，现在优雅的“寝殿造”风格的神社大厅就是由平清盛建造的。后来，由于有了后白河法王和高仓上皇等帝王显要的参拜，严岛神社更是隆盛非常。

在当地的旅游介绍中，严岛上景点众多，有诸如严岛神社、大愿寺、大圣院、红叶谷、严岛缆车、遍布的野鹿等，但是对于我们这些普通游客而言，到严岛上只有一个目标——严岛神社外的大鸟居。这个奇妙的建筑，让我第一次感觉到潮汐的变化竟是如此的可爱，吸引着我多次造访。我第一次到严岛，是在一个阳光明媚的下午，沿着从广岛到严岛前的JR站，从广岛站开始，就有非常多的标志指向前往严岛的交通路线。到了严岛站之后，沿着指示牌来到濑户内海边，原来还需要坐船。两个航运公司运营的渡轮泾渭分明地分立着招牌，持有JR PASS的我自然会选择可以免费搭乘的JR渡轮。一上渡轮，跟着游客的足迹走到渡轮的观光平台上，远远地已经能够看到红色的大鸟居伫立在海边，鸟居下还有好多游客在照相。我也简单地照了两张濑户内海的照片，然后就把相机的镜头一直对准大鸟居的方向。虽说是内海渡轮，但颠簸还是存在，不过从渡轮上可以拍到大鸟居和其后的神社，是一个比较理想的拍照方向。不过如果没有超长焦，也没有太理想的效果。

下船之后根本不用看指示牌，只需跟着游客的大队伍方向，很快就能找到大鸟居和神社。不过严岛上最先吸引人眼球的，是岛上的众多野生鹿。和日本著名的鹿城奈良一样，严岛上也有很多警示牌告诫游客不要随意喂食野鹿、小心野鹿伤人。岛上的野鹿很有意思，可能是由于天气太热的缘故，很多都往饭馆里面凑，可爱的样子让人以为它们才是严岛的主人。

在岛上很远的地方，就能看到岛上的真正主角——大鸟居了。迫不及待地跟随人群走向大鸟居，后来才发现幸亏这一走，要不只有到第二天才会有机会亲近一下大鸟居了。这个巨大的木制建筑伫立在海边，绚丽的红色在蔚蓝的大海与白云的衬托下，熠熠生辉。走近大鸟居才发现鸟居的立柱上有很长一段布满了蛤蜊，原来海水的涨潮与落潮之间会有如此之大的变化。实际上濑户内海的潮差并不算大，在4米左右，但4米对于建筑物来说就是一层楼的高度，海水的印迹与建筑物的结合，让人感觉颇为壮观。沿着大鸟居的四周走了一圈，就走向严岛神社，神社入口处有个信息牌，上面写着当日的涨潮与落潮时间。对于长期生活在中国内陆地区的我来说，这一潮汐变化让我感觉颇为神奇，虽然白居易早就有“早潮才落晚潮来，一月周流六十回”的名句，但之前从未深切体会过这种潮汐的变化。

漫步在岛上，静静地等待着潮汐的变化，看着喧嚣的人群开始离开大鸟居附近，海水涨了起来，慢慢地淹没神社周边的土地。一波一波的海水，逐渐变深，大鸟居附近的海边已经没有了游客，开始有独木舟在大鸟居附近的海上划行，以期从更好的角度来欣赏这一日本建筑的代表。由于阳光的缘故，下午涨潮时的黄昏，在海岸上拍大鸟居总是有些逆光，始终不能拍到蓝天白云下的大鸟居，总是觉得这次旅行缺了点什么。

想了想，决定第二天再来一次，弥补这个遗憾。离开严岛的时候已近黄昏，这个白天喧嚣的景点此时变得安静，除了岛上的野鹿之外，好像就只有我一个人了。第二天一早从广岛出发继续沿JR铁路山阳本线到宫岛口站下车，依旧是坐JR渡轮上岛，信步走往大鸟居。原来早晨的时候，由于濑户内海附近地区在夏季非常少雨，阳光强烈，从岛边依然难以拍到比较好的照片。这时候突然发现有木船可以坐，可以在更接近大鸟居的地方观看。随即上船，终于从只有在早间才开的木船上，拍到了一张自己颇为满意的大鸟居照片。阳光、红色的大鸟居和蔚蓝的海水，构成了我想象中的完美画面。

由于2011年东日本大地震的缘故，2011年我避开了日本东北，选择了探访位于关西北部海岸的丹后天桥立。在日本旅游的时候，很会让人产生出“集邮”的心态，比如根据世界自然遗产和文化遗产名录，按图索骥，依次前往，又或者按照其他旅游手册的指引，挨个去一些著名的景点。我的2011年日本之旅，专门选择丹后天桥立作为关西旅行的最后一站。

从京都出发一路向北，坐一段JR线路和一段私铁线路后，就可以抵达天桥立了。实际上这是一班从京都开出的直达列车，与私铁联营，中途不用换车，非常方便。从京都坐火车到达天桥立车站之后立即存包，然后到信息中心询问前往当地的主要景点和交通方式，然后按照一般的行程安排坐公共汽车先去丹后半岛的伊根船屋。

在Lonely Planet《日本》上对于伊根的说明文字很少，也很简单：“伊根村（Ine）位于丹后半岛东侧的一座美丽的海湾之上，是一座非常吸引人的小村庄。当地人把房屋建在水上，而船只就停泊在房子下方的水面上，这种房屋被称之为舟屋（Funaya House）。游览伊根村的最好方式是乘船。”实际上这个安静的小渔村也非常值得游览。

日本山阴（本州西部靠日本海一侧海岸）一侧的海岸线悬崖峭壁，怪石嶙峋，所以发展出这种结合船屋与住家的日式建筑。这种船屋一楼直接与海相通，是船只停泊、堆放捕鱼器具的地方，有的也用作库房、工作场、鱼干货的晾晒场地和囤放农作物的空间，二楼是卧房、客厅等生活起居处。过去日本这种类似的村庄比较多见，但随着时代的发展，船屋很多时候和生活起居处相分离，保存至今的完整船屋村，现在也只剩下伊根村一处了。这一处的船屋很多已经有上百年的历史，沿伊根湾东西向绵延5公里，约有230间船屋鳞次栉比，是日本著名的重要传统建筑物保存地区，也是日本最美的18个乡村景观之一。

从乘船所上游艇之后，发现船附近的海面上漂着很多海鸥，一上船就能看见卖虾条的自贩箱，很多游客都会投入100日元买一包虾条，一时还没明白是做什么用的。随着游览船慢慢开动，大群的海鸥立即从海面起飞，跟船飞行。开始有游客站在船边用虾条喂食海鸥，终于解答了我的疑问。我至今都很迷惑，当地的海水清澈见底，鱼虾清晰可见，但不知道海鸥们为什么会对这种膨化食品这么感兴趣，或许这也是海鸥们每日的游戏项目。

我总觉得伊根船屋附近遨游的海鸥有喧宾夺主之嫌，不断地跟随游览船巡航，只要游客在船边用手指拿着虾条，就会有海鸥不断地尝试用嘴叼走。我发现海鸥们的技术着实了得，视力更是极佳，在高速航行的浏览船周边，也能准确地找到虾条的所在，然后叼走。尝试着不拿虾条将手伸到船上的栏杆边，海鸥真的就视而不见了。

其实船屋真的很美，配上白帆、青山、蓝天的背景，清新而又美丽。但船边跟随的海鸥着实意志力超群，飞行一段后降落在海面休息，然后又继续飞行，让人不忍不喂食这群精灵，大半时间都花在了海鸥上面而忽略了本来的旅行目的。游船之后，实在很喜欢这个美丽的渔村，很想多花一点时间待在这里，便沿着这个安静的小渔村走了一会儿。只有一些看起来苍凉的老房子和一间不大的神社，没有看见一个当地人和一处可供休息的地方，只好悻悻然乘公车返回天桥立附近的伞松公园，开始真正游览这一著名景点。后来回忆起来这段安静的步行，或许就是因为没有餐厅、没有茶社、没有咖啡馆，甚至没有一间便利店，才长久地保持着这里的最原始状态吧。

天桥立实际上是一段因潮汐和风力作用堆积的一条细长沙洲，从宫津湾一侧的江尻到对岸的文殊，长约3.3公里，最宽处约170米，最窄处仅15米，像一座人工架起的沙桥，沙洲上满是古松。从历史记录来讲，天桥立明显晚于严岛，在镰仓时代（公元1185～1333年）出版的《小仓百人一首》中有“大江山 いく野の道の 远ければ まだふみもみず 天桥立”的和歌。

关于天桥立这个名字的由来，有一个远古的传说：日本传说中的父神伊邪那岐为了可以方便通往他的妹妹、也是他的妻子伊邪那美的住处，便在空中架起了一座大浮桥。有一天，伊邪那美留宿人间，不料浮桥塌垮，掉落到人间，而这就是现在的天桥立。如果要使这个传说更为可信，我更愿意将之根据《日本书纪》改编为：远古时候日本的国土是漂浮在汪洋中的，十分不稳定，于是众天神就诏示伊邪那岐和伊邪那美去修固国土。二神站在天之浮桥上，将众神赐予的天之琼矛探入海中并搅动海水，再将矛提起，这时从矛尖滴下来的海水凝聚成岛。后来这座天之浮桥掉落在人间，便是现在的天桥立。还有一种说法，如果位于伞松公园或者是飞龙观景台之上，弯下腰去，从自己的胯下倒望过去，绵延的沙洲就像是一条向天上斜伸而去的桥梁，因此命名为天桥立。迄今为止，人们到天桥立观景都保持着从胯下张望的传统。

从伞松公园下山之后，沿着沙洲散步到飞龙观景台。整个沙洲非常安静，只有鸟叫声点缀着这里。

2012年的夏天，我来到仙台，靠近日本三景的最后一站——松岛。松岛位于日本东北海岸线宫城县的领域内，从仙台乘坐JR线路仙石线在松岛海岸站下车即可到达。无意之中选择的严岛、天桥立、松岛的旅游顺序，实际上也契合了三地历史的长短。松岛真正的兴盛，应该是在伊达氏政权筑城仙台并成长为战国、德川时代强藩之后。特别是由于松尾芭蕉（公元1644～1694年）游历的故事而更加传神。传说松尾芭蕉游历松岛之后，由于景色太美，芭蕉竟然吟咏不出一句形容松岛的俳谐，只能写下“松岛呀，啊啊松岛呀，松岛呀”的俳句。松岛在日本东北地方仙台市松岛湾内，是指这一地带的海湾和列岛的总称，以碧海、白浪、青松闻名。岛屿众多，有“808岛”之称，实有260多个，岛上多黑松和红松，故名“松岛”。

实际上在日本，有很多类似的地方都被称作“松岛”，较为著名的有三大松岛：宫城松岛、长崎九十九岛和熊本天草松岛，另外被称作松岛的地方还有静冈县的伊豆松岛、爱知县的东海松岛、茨城县的关东松岛、福井县的越前松岛等十多处。由于叫作松岛的地方太多，有的地点甚至不愿意自己被称作松岛而同质化，例如三重县英虞湾就非常厌恶自己也被称为松岛。松岛以海闻名，在列车还没有到达松岛海岸站的时候，就可以从车窗看到窗外美丽的海岸线。一下车站，就已经可以远远地看到松岛的美景。一出车站，就有乘船的售票窗口，从游船航行时刻表看到下一班船即将启程，立即快走几步到达海岸边，排队搭乘游览船。一到海岸边，首先被大群的海鸥吸引。感觉这里的海鸥体格更为健壮，数量也更多，让我想起在伊根的经历。上船之后，果然看见游客们首先都是投入100日元的硬币，买取虾条，多数用来逗海鸥玩，少数当作自己的零食。游览船还未起航，就已经有大群的海鸥围绕船只飞行，期望早飞的鸟儿有虾条吃。开船之后，发现游客们的重心根本不在观赏周围遍布松岛的美丽海岸，而是在逗大群的海鸥玩。

下船后沿海岸线游览了松岛周围的多个景点，给我感觉最深的是瑞严寺。瑞严寺是日本东北地区第一名刹，是传承了桃山建筑风格的伊达政宗菩提寺。其前身是由慈觉大师圆仁于公元828年创建的延福寺，现在的建筑是1609年由仙台藩主伊达政宗花费整整4年的时间建造而成，建成后更名为瑞严寺。建造时据说从各地招集能工巧匠130人，建筑材料则取自熊野山。一入山门，前往正殿的参道包围在高大的杉林之中，阳光透过树丛斑驳地洒落在草坪上，满是清幽。周围一圈的山石下方构建了许多摩崖石刻，由于均被高大的杉树遮掩，尽是绿苔。

通往奥之院的必经之路，被一块巨大的石头阻隔，石上是一棵巨大的杉树，看着游客从巨石下走过，无意间总会有行走在生与死边缘的错觉。

Chapter 06 神社与寺庙

神社とお寺

伊势神宫迁宫纪念馆

伊势神宫中的神使

伊势神宫外宫

奈良法隆寺正门

伊势神宫内宫旁的五十铃川

伊势神宫外宫别宫月夜见宫

伊势神宫内宫的锦鲤

熊野那智大社

那智山青岸渡寺

京都的艺伎

歌舞伎表演

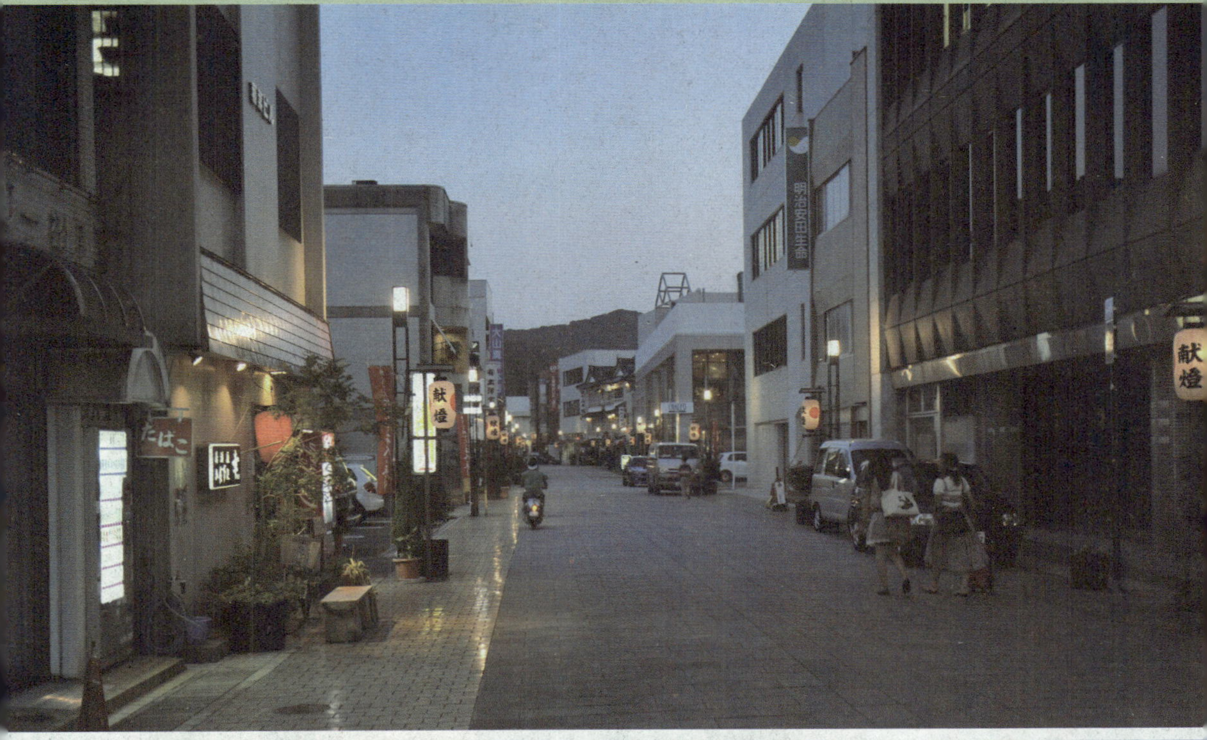

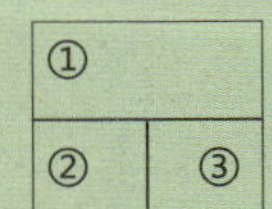

①入夜的伊势外宫参道
②外宫参道的灯笼
③夜间的伊势外宫入口

奉

伏见稻荷大社的千本鸟居

伏见稻荷大社大门

伏见稻荷大社山门

伏见稻荷大社的祈愿鸟居

伏见稻荷大社的狐狸面绘马

挂满祈愿纸条的古树

出云大社主殿边的小神社

平成大迁宫后的出云大社

出云大社神乐殿前的注连绳

出云大社的缘结绘马

出云大社侧门

出雲大社

太宰府天满宫的祈愿处

太宰府天满宫中的庭院建筑

天满宫中的飞梅

国立九州博物馆

奈良的鹿

①唐招提寺
②唐招提寺建筑群
③唐招提寺禅院

法隆寺

法隆寺西院五重塔和经堂

法隆寺东院

法隆寺梦殿

法隆寺大讲堂

奈良春日大社参道

奈良兴福寺

京都祇园祭时的八幡神社

奈良东大寺

奈良平城京遗址上复原的太极殿

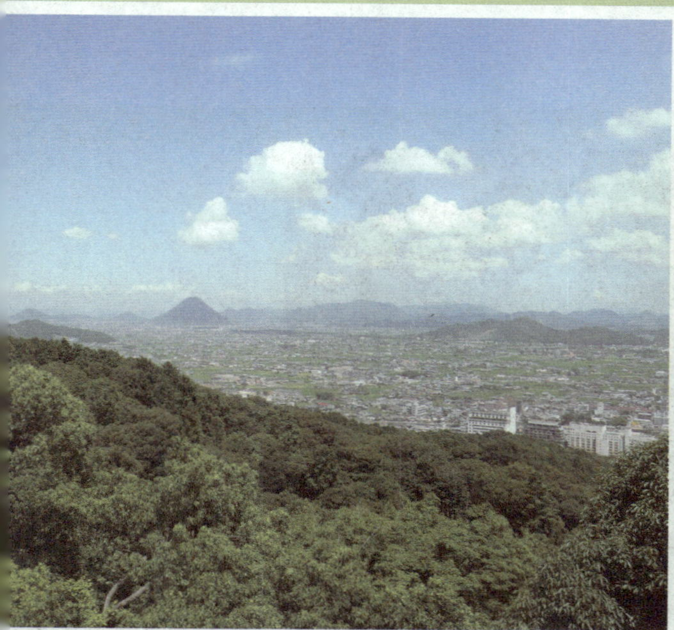

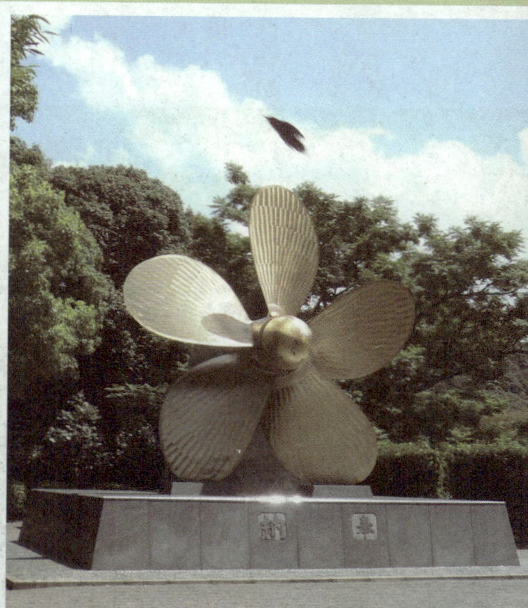

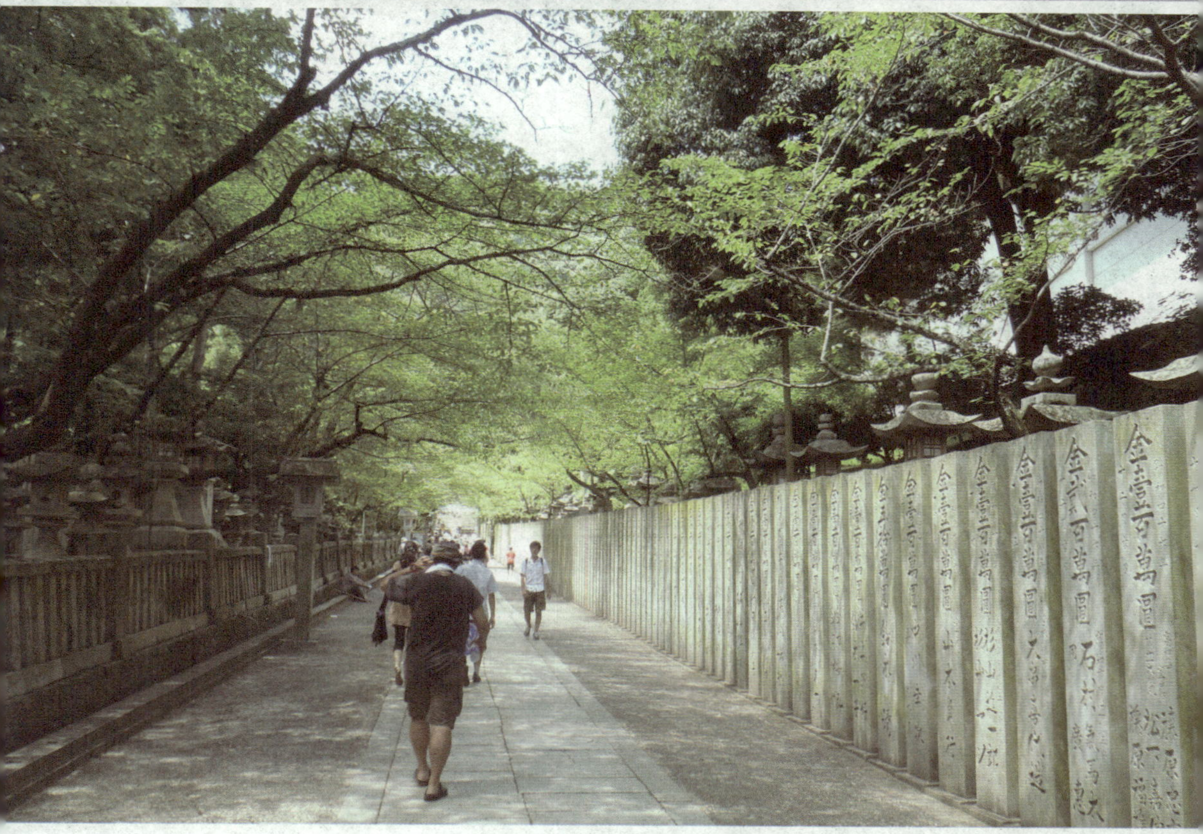

① ②
③

①金刀比罗宫俯瞰
②金刀比罗宫中的螺旋桨雕塑
③金刀比罗宫参道

手向山八幡宫

手向山八幡宫神乐台

宇治凤凰堂

①	②		
③	④	⑤	⑥

①织田信长墓所 ②纪州德川赖宣墓所
③加贺前田利家墓所 ④伊达政宗墓所
⑤明智光秀墓所 ⑥松尾芭蕉句碑

高野山的稻荷神社

金刚峰寺中的鸟居

在日本的著名景点中，有很大一部分是神社和寺庙。例如日本的世界文化遗产中，法隆寺、京都的历史痕迹、严岛神社、古奈良的历史痕迹、日光的神社及寺庙、纪伊山地的圣地及参拜道等都主要围绕的是神社与寺庙。戴季陶先生在《日本论》中写道：“直接渊源于日本固有神道的思想行为是尚武，直接渊源于中国、印度的思想行为是尚文。”而这两者在实体上的表现则是神社和寺庙。

于中国人而言，日本最有名、也是最让人反感的神社是位于东京的靖国神社，这一神社在一定程度上被看作是日本军国主义的象征和日本极右势力的代表，特别是在每年“二战”日本投降日前后总会成为中国、韩国、朝鲜等国新闻媒体关注的焦点。靖国神社的前身是东京招魂社，是奉日本明治天皇之谕为纪念戊辰战争中为天皇牺牲的3500余名反幕武士而建立的。1874年1月27日，明治天皇初次参拜东京招魂社。1879年，东京招魂社改名为靖国神社。

如果从神社更早的历史来看，受国家保护的神社可全部称作“官社”，通常指在每年2月的祈年祭从神祇官接受币帛的神社。此制度之起始年代无从可考，从现有的文字记录来看，最早见于大宝元年（公元701年）颁布的《大宝律令》。古代日本的历史资料中只有只言片语关于“官社”的记录，例如律令时代末期的法令《延喜式》中的《延喜式神名帐》（延喜五年，公元927年）有当时作为“官社”的全国神社一览。但当时还存在其他类型的一些神社，例如朝廷势力范围外的神社、保持独自势力的神社，或因神佛习合由寺、僧侣管理的神社、无正式社殿的神社等。所以，日本的神社作为神道的中心，是日本人的民族精神图腾，但其历史起源、建筑风格、祭祀对象都千差万别，单从神使来看，就有鸡、猪、牛、鹤、龟、猿、乌鸦、鹿、蛇、狐、鳗、鹭、狼等等不同动物充当。

2004年被列入世界文化遗产名录的纪伊山地的神社与参道一直是日本人心中的圣地，著名的熊野那智大社与那智山青岸渡寺毗邻而居，一定程度上说明了日本神社与寺庙的渊源。熊野那智大社作为日本神社序列中非常特殊的一个神社，不属于日本传统朝廷势力所控制的神社，是日本官方势力以外最著名的神社之一。从旅游的角度讲，这里是纪伊半岛的最南端，临太平洋，有神社、古寺和古参道，有青山绿水，有白沙碧海，还有著名的洞穴温泉，离《海豚湾》的抨击对象太地町也很近，非常值得造访。

日本神社中最为重要的神社为神道的顶点——伊势神宫，甚至在明治维新后规定近代社格制度的时候，也没有把该神社纳入到社格体系之中，以体现出伊势神宫崇高的地位。在到日本之前，我对于这一神社几乎一无所知，只是听说这一神社中保存有日本皇权三神器之一的八咫镜。但这等神仙级别的物品不是我等凡夫俗子可以见到的，而且三神器是否依然保存着，至今都有很大的争议，我想原因很简单，见过的人太少了。

到日本之后，利用一次去名古屋的机会，决定去这个日本神道教中最重要的神社看看。伊势神宫的位置实际上有一些偏僻，位于日本三重县的伊势市，如果由JR线路前往伊势，必须经由多气转JR的地方线才能到达。想象中的伊势市与实际上有一定差距，旅馆很少是我对这里的第一个印象，好像这里很难成为游客的停留点。在网上查找伊势当地的旅馆，发现可供选择住宿的地方很少，或许游客更愿意停留在附近的大城市名古屋，或者是更近一些的牛肉城市松阪，再或者是珍珠海港鸟羽吧。

傍晚的时候辗转抵达伊势市，在旅馆放下行李之后随着献灯的指引、沿着外宫参道可以轻松地发现伊势外宫的所在。入夜时分已经禁止参拜，幽静的树林配上灯光，给我比白天更多的神秘感。

一出伊势车站，就会给人一些不同的感觉，大鸟居和外宫参道已经在游客的眼前。随着朝廷衰微，伊势神宫从皇室专属之氏神，转变为镇守日本全体之大神，而为武士所崇敬。在神佛习合之教说中，为神道侧最高位的神祇。明治政府时期，将伊势神宫定位为国家神道顶点之神社，并且由皇室成员担任主祭，现任祭主为昭和天皇第四女池田厚子，但因其年事已高，故由明仁天皇长女黑田清子担任临时祭主。明治维新不仅确立了日本经济发展的方略，在文化上也重新恢复了伊势神宫，乃至神道教在日本人心中的地位，从这个时期开始，神道教逐渐成为日本人的精神图腾加以固化。

伊势神宫主要由内宫皇大神宫与外宫丰受大神宫所构成。内宫祭祀天照大御神，外宫祭祀丰受大御神。此外尚有别宫、摄社、末社、所管社等一连社宫，亦总称为神宫，通称伊势神宫125社。在我看来，伊势神宫最主要的两个神宫与中国的祭祀传统也颇有渊源。故宫建筑规制中的左祖右社，实际上等同于伊势神宫的皇大神宫与丰受大神宫，也可以说丰受大神宫的功能更类似于天坛。按照一般参拜伊势神宫先外后内的规制，我的游览也是从丰受大神宫开始。

我第一次到伊势神宫是在2011年，从JR伊势车站往外宫的参拜道路给人以庄严的感觉，如果映衬着傍晚的夕阳和蔚蓝的天空，参道边的灯笼又会给人以妩媚的错觉。外宫参道两侧有很少的一些古老建筑，其中一间老旧的日式旅馆给我留下了很深的印象，总是幻想是否会有一些古代的名人来参拜时就住在这里。沿着沙石铺就的参道从很大的木制鸟居下走过，可以很轻松地走到丰受大神宫的正殿前。虽然离伊势神宫著名的式年迁宫还有两年时间，已经有很多例行活动开始进行。对于游客而言，可以清楚地由神社的地基位置，看出迁宫的动向。当我于2013年第62回式年迁宫的当年来到伊势神宫参观的时候，伊势站已整修一新，这次才知道每一次的式年迁宫都会经历8年的准备时间，有着复杂、烦琐的各种程序。起源于7世纪的“造替”旨在保持社殿清净、庄严，可能也有保证建筑物的使用安全之意，从更深层次来看，可能还有循环往复、生生不息之意。丰受大神宫，意即中文的丰收大神宫，在日本的神话系统中，丰受大神是司掌天照大神膳食之神，也是衣食住的守护神。如果从美观的角度来看，掩映在苍天大树中的许多古老式样的建筑，代表的是古朴、传统，一种简单的古典韵味。德国著名建筑家布尔纳·塔屋德将其与希腊帕特农神殿相比较，极力称赞“伊势建筑乃世界之冠。芳香的桧木、屋顶的萱草，用这样单纯的材料，竟能造出与其结构如此相融的建筑，实在无以企及。这种建筑形式出现的年代已无法确认，又不知最早的工匠之名，或许是从天而降的吧”。

在外宫大门口，有多班公共汽车可前往内宫，途中还会经过伊势的博物馆和著名的皇学馆大学。内宫游客比外宫更多，格局实际上和外宫类似，但均稍大一些。去内宫游览，首先要走过一座不算长的木桥，桥下是清澈的五十铃川，这条河流就是日本著名的汽车制造企业五十铃的得名渊源。根据伊势神宫内保存的公元712年成书的《古事记》，伊势神宫建于公元前4年，但据历史学家考证，伊势神宫的建造不会早于公元690年，《古事记》所记载的前几代天皇只是出于传说。跟随着游客的步伐，首先会走到五十铃川边，完成手洗的仪式，然后继续在树林中前行。日本的神宫大多至今保持着浓重的神秘色彩，比如禁止摄影、录像等，伊势神宫更是如此，有高高的隔板将神宫与游人隔离开来。整个伊势神宫的色彩其实比较简单，绿色和木纹的颜色单纯而不单调。内宫中池塘的锦鲤个头很大，好像是单色的画布上浓重的一抹。

日本的神社除了伊势神宫之外，还有许多著名而古老的神社，如传说收藏有日本皇权三神器之一天丛云剑的热田神宫。虽然《平家物语》中载天丛云剑据说已在坛之浦之战随安德天皇沉下海底，但无妨热田神宫依然有极高的威严。日本历代的当权者都以各种形式表达对热田神宫的尊敬，宫内的“信长屏”就是织田信长所献的一面墙壁。丰臣秀吉和德川家康亦有大修神社之举，近年日本天皇和皇后还曾到此参拜。日本的皇权三神器历来都有很深的神秘色彩，不仅仅是普通人，皇族中都没有多少人能得见真颜，不过在热田神宫的宝物馆里，收藏有一把巨大的大剑着实令人咂舌。

在中国游客的旅游经历中，伏见稻荷大社或许是最愿前往的一个神社。从京都出发乘坐JR火车往奈良方向，第二站即是。绚丽的色彩、特别的狐狸神使和千本鸟居组成的小道，无一不是拍照的上上之选，美国人在拍《艺伎回忆录》的时候，也曾在这里取景。稻荷神是日本神话中的谷物和食物神，主管丰收。但这个神比较特别，传说中该神有时以男人形态出现，有时以女人形态出现，甚至会变化成蜘蛛等其他形态。他有两个随从，是白色的狐。由于稻荷神主管丰产，许多日本的企业也敬奉稻荷神，稻荷神已经纳入日本神道教诸神的范畴，全日本有许多敬奉稻荷神的神社。最重要的也是游客最爱的，位于京都伏见的稻荷大社。日本自中世纪开始将狐狸视为稻荷神的使者，全国的稻荷神社几乎都以狐狸代替狛犬。稻荷神与狐狸的关系，是出自于仓稻魂命的别名"御馔津神"（みけつのかみ）。狐狸的古名为"けつ"，因此"みけつのかみ"便以谐音被解释为"三狐狸神"了。

远离日本旅游中心的出云大社可能是日本著名神社中少有中国游客的一个，从关西出发至少需要半天时间才能到达位于岛根县境内的出云。有很多人是因为一艘日本军舰而知道了"出云"这个名字。根据《日本书纪》记载，出云大社是建立在大国主让渡国家后所获得的土地上，年代久远、地位崇高。据说站在神乐殿重达5吨的巨型稻草结"注连绳"底下，拿着硬币往上丢，能成功不掉下来便会带来好运。

由于具有神话色彩，出云大社至今仍保持着许多专属的习俗：日本人将农历十月称为"神无月"，因为人们相信这个月全国诸神都奉大国主之命，集结到出云大社，故只有出云是"神在月"，并盛大举行为期半个月的"神在祭"（农历十月十一日至十七日）。

出云大社主殿两侧的建筑内，设有19个小神社，据传便是用来接待由外地赶来的众神。此外，出云大社的参拜方式也传承古法，遵循"二礼、四拍手、一礼"的程序，比一般神社多了两次拍掌，成为出云大社的独特象征之一。这种两倍的法则，加上"注连绳"的故事，使得出云大社成了日本最著名的求姻缘圣地。我在这里看到许多一同前来游玩的日本情侣。实际上出云大社是日本最古老的神社之一，也是日本被冠有"大社"之名的神社之一，供奉的神是被称为“国中第一之灵神”的大国主大神，和姻缘并无太多联系。传说大国主神是出云神话中的最高神素盏鸣神之子（《日本书纪》），或说是他的六世孙（《古事记》）、七世孙等。他是文明英雄。他为修治国土、巡游天下、平定国内、保护农业、发展医疗等做出了巨大贡献。也许因为在《日本书纪》中，这位大神仍以地方神的身份出现，而不属于皇祖神系和神话体系，所以在《日本书纪》中未提及他的诞生，也未提到让过之事。他是古代祭司王的神格化形象。我猜想这一大神的形象实际上体现了远离日本文化中心区域的独特个性。

第一次到出云大社是在2011年的夏天，恰恰赶上出云大社60年迁宫的纪念活动，可以进入神社正殿内部参观。虽然不懂日语，还是随着人流参与了这次活动。因为日本的神社都带有很浓重的神秘色彩，除非是进行一些祭祀活动，否则是不会允许游客进入神社内部的，更别提在神社正殿内部进行参观了。同行的大多是专程赶来参加该项活动的日本游客，由于这里是著名的求姻缘所在，所以其中很多是情侣。当跟随讲解员进入正殿内参观时，有一对日本情侣走在我的后面，看着我一脸茫然地看着解说员，感觉我不是日本人，主动用英语和我攀谈，并且将讲解员所讲的一些内容翻译为英文，使我对这座古老的建筑有了更深的认识。在这次免费参观结束之后，还有一片迁宫时换下的一小片桧木以资纪念。

出云大社的舞女还深刻地影响了日本的文化生活。出云大社曾经有一个巫女阿国，文禄年间为了劝募修复神殿经费，率领其他巫女周游诸国。因天生丽质，又擅长歌舞，起初只是边唱歌边捶钲，顺势跳着故乡的神乐舞。由于服装是黑色僧衣，跳的又是井然有序的团体舞，令人耳目一新，广受好评。到京都演出后，人气更旺，却也掀起了模仿热潮，一些游女（妓女）纷纷组成歌舞团，有模有样地学了起来。这时，阿国遇见闻名京都的花花公子名古屋山三郎。山三郎天赋音乐艺能才能，他为阿国出了许多独创一格的点子，举凡舞蹈、作曲、伴奏人的吆喝、舞台演出、华丽舞台服装，以及中间插播的“猿若狂言”（滑稽短剧），让阿国等人的演出由单纯歌舞团发展成为音乐舞蹈剧，使得“阿国剧团”名声大震。虽然第二年山三郎死在同僚剑下，但“阿国剧团”仍持续下去，且名声愈来愈响亮。演员有女扮男装，也有男扮女装，当时人们称之为“倾”戏剧，而“倾”发音是kabuki，意思是“奇装异服，标新立异”，也正是日后“歌舞伎”的发音。阿国也被公认为是日本歌舞伎的创始人。只是，到了第三代将军时，由于女歌舞伎剧玉石混淆，许多剧团假戏剧之名进行色情交易，幕府基于风纪问题，下令“禁止所有女子登上舞台”，歌舞伎剧才变成清一色的男人世界。据说，阿国晚年回故乡落发成尼，享年87岁，在今天出云大社的附近，有她皈依的庵堂和墓地。

从出云往西至九州，在博多附近有另外一间著名的神社太宰府天满宫，该神社与北野天满宫同为日本天满宫总镇守，已经有一千一百多年的历史。在日本著名的神社中，这座神社主供是被日本人称作“学问之神”“书法之神”的菅原道真。在日本的重要神社中，这是唯一一座主供神为普通人，且与日本神话和皇室无关的神社。菅原道真出生于公元845年8月1日，卒于公元903年3月26日，死后就葬于太宰府天满宫。这位生前郁郁而终的名士，死后却因为一系列偶然事件地位不断攀升。

太宰府天满宫有点像是中国的孔庙，在日本是祈求金榜题名的圣地，许多疼爱孩子的家长和高考在即的高中生都来此求其保佑。据说每年有多达700万人来此参拜祈福，在绘马上写下他们希冀考试成功的愿望——看来，临时抱佛脚的不仅是中国人。

紧邻太宰府天满宫，还有日本四大国立博物馆（其他的三个为国立东京、国立京都、国立奈良博物馆）之一的国立九州博物馆，非常值得参观。我去参观的时候，除了常设展览之外，还遇到日本国宝保护特别展。这座博物馆是日本国立博物馆中年纪最轻的，整个建筑风格非常摩登，布展风格也非常年轻化。

位于四国琴平的金刀比罗宫是另一个很有意思的神社，该神社的主供神原为金毗罗神，但受明治初年“废佛毁释”的影响改供大物主神。沿着1368级阶梯爬到这一保佑海上航运的神社，本宫旁的绘马殿可见到挂满祈求平安后留下的各种民用、军用、政府用船只甚至外国船只引擎的照片。在神社内还有一个巨大的螺旋桨。这座神社实际上类似中国南方的妈祖庙，是日本海洋文明的祭奠。

众所周知，神社所代表的神道是日本的原始宗教，以祭祀日本本土天神地祇为主，以日本皇祖皇宗的遗训为内容，属于泛灵多神信仰（精灵崇拜），视自然界各种动植物为神祇，体现出对自然界的尊重与畏惧，以及天人感应等多种类似内容。而且依据季节的不同会有一些相应的祭祀活动。

神道教虽然在日本有如此崇高的地位，但是其历史并不很长，主要源于明治维新之后日本国家政策的选择。在更为久远的历史中，神道教与佛教有着长时间的拉锯和融合。神道起初没有正式的名称，一直到公元5世纪至8世纪，汉传佛教经朝鲜半岛（主要源于百济）传入日本，渐渐被日本人接受，为了与“佛法”一词分庭抗礼，日本学者创造出“神道”一词来区分日本固有的神道与外国传入的佛法，是以在《日本书纪·用明天皇纪中》有“天皇信佛法，尊神道”之句，首次出现了“神道”这一词语。“神道”二字虽源自汉字，但此词的概念与汉语有所不同。此处“神”字被用来表示日语中的“かみ”（kami），已逝的人之亡灵、值得敬拜的山神、树木、狐狸甚至一些令人骇闻的凶神恶煞都可称作“かみ”。

其后，人物神的历任天皇、幕府将军、功臣、武士等也渐渐被作为膜拜对象，形成较为完整的体系。

明治政府承认信教的自由，但崇拜神道成为日本国民的义务，成为统治国民的手段，当时在日语中称为“国家神道” 。明治维新以后执行王政复古、祭政一致的国家政策，再次确立王朝时代以来的神社制度，展开神祇官复兴运动。明治五年3月创立教部省，确立政教合一，在国家层面设大教院，主祭造化三神和天照大神。在地方上设立中教院、小教院。明治三十一年11月创设全国神职会。虽然“二战”以后日本被迫宣布取消政教合一、天皇人间化等政策，神道教有所削弱，但神道教在日本人心中的地位早已根深蒂固，神道教在和佛教的长期拉锯中最终取得统治地位，日本政府也通过“国家神道”完成了国民信仰统一的目的。

日本东南沿海的宫崎县南部日南市，有一座在日本历史上有重要意义的所在——鹈户神宫。鹈户神宫本殿位于太平洋岸的一崖洞内，依山而建，从建筑物来看本身并没有什么特别，从地理上来看，更是远离日本历史的真正中心——关西地区和东京湾，即便是在九州来看，这里也非常偏僻；但重要的是这里供奉着日本民族的祖神：传说日本第一代天皇的父亲诞生于此，靠崖石上滴下的泉水养活。

我觉得这座神社对于触摸日本的历史非常重要。首先可以看出，这座海边的神社展现出日本人独特的海洋情结，因为一般都会认为天皇祖先非常模糊，只是从日本的史书中可以知道第一位天皇是神武天皇，是“天照大神”的后裔，但一直到第十代崇神天皇的身份才有实际文物支持。这座位于海边的神宫表现出日本人在很早的时候对于海洋就有浓厚的兴趣，因此将天皇父亲的出生地选在了靠海的崖洞里。

这里屡次兴废，曾改建为寺庙，直到明治七年（1874年）改称“鹈户神宫”，社格为官币小社，明治二十八年（1895年）升社格为官币大社。这一段历史，实际上也是日本由单独的神道信仰到神道信仰共存，到回复单纯神道信仰的明证。

位于日本关西地区的古都奈良，是一座安静、古典、满是可爱鹿群的森林城市，是我最喜欢的日本旅游点。奈良有很多古老建筑，对于中国游客而言，这里还有着与中国很密切的联系。如在历史课本中早早知道的唐招提寺就在奈良近郊，而稍远一点的法隆寺更是日本第一处世界文化遗产，是世界上距今最为久远的木质结构建筑群。当我造访这一古迹时，有着仿佛回到中国古代、感受盛唐气象的错觉。

法隆寺，又称斑鸠寺，位于日本奈良生驹郡斑鸠町，是圣德太子于飞鸟时代建造的佛教木结构寺庙，据传始建于607年，但是已无从考证。法隆寺分为东西两院，西院保存了金堂、五重塔；东院建有梦殿等。西院伽蓝是世界上最古老的木结构建筑群。法隆寺建筑群和法起寺一起在1993年以“法隆寺地区佛教建造物”之名义列为世界文化遗产。世界遗产委员会评价：在奈良县的法隆寺地区，有48座佛教建筑，它们代表了日本最古老的建筑形式，是木质建筑的杰作。其中的11座建筑修建于公元8世纪之前或公元8世纪期间，它们标志着艺术史和宗教史发展的一个重要时期，这些建筑与佛教同期被传入日本，再现了中国佛教建筑与日本文化的融合。

东院伽蓝在圣德太子一族居住过的斑鸠宫遗迹上建立。以八角圆堂梦殿为中心四周环绕回廊，回廊南面为礼堂，北面为绘殿及舍利殿、绘殿及舍利殿北接传法堂。

奈良的兴福寺、东大寺、春日大社等都具有较高的知名度。兴福寺和春日大社在中国的知名度相对不高，但在日本的地位却很重要。

奈良时代早期，国家级的神社神宫寺开始建立，开始的时候满愿禅师也将鹿岛神宫、贺茂神社、伊势神宫等任何境内外的神社与神宫寺并设。此外，以宇佐八幡神的样子为原本，神体菩萨形的神（僧形八幡神）也出现了。在奈良时代后期，伊势桑名郡在当地有权势的家族中的守护神多度大神，亦托宣放弃了神体以实践佛教，神宫寺建立的活动也扩展到地方的神社，如若狭国若狭彦大神和近江国奥津岛大神等，其他诸国的神也从8世纪后半期到9世纪前半期，表示有想皈依佛道的意思。为了救济有这样苦恼的神，除了会在神社的一旁建神宫寺外，也会在神前读经。因为众神皈依佛道的托宣，认为此时只要祭祀他们，氏家大族们的愿望就能实现。

位于奈良市区的东大寺，公元728年由信奉佛教的圣武天皇建立的，东大寺是全国68所国分寺的总寺院。因东大寺建在首都平城京以东，所以被称作东大寺，又称大华严寺，金色光明四大天王护国寺，虽经明治、昭和等时代的维修，规模有所缩小，但仍然是世界上最大的木结构建筑。按照奈良旅游指南的建议，可先至若草山登临山顶，眺望奈良城，然后顺路而下即可先到手向山八幡宫。

位于京都、奈良之间的小城宇治以抹茶闻名，城中的宇治上神社、平等院等均早已被列入世界遗产名录，不过当我真正造访这一古老神社的时候，常常会有疑问，这样一座看似普通的神社，为什么会被列入世界遗产名录呢？难道仅仅是因为这座神社是日本现存最早的神社建筑？宇治上神社的本殿建于11世纪中期，是由贵族藤原氏家主藤原道长主持修建的住所，其意义是佛教中的净土。可在1053年时，神社被藤原道长之子藤原赖通改建成了一所寺院，其核心就是著名的凤凰堂。

日本著名的佛教名山高野山，自公元816年空海法师开山以来，一直是日本最重要的佛教圣地，也是现在日本最大的出家之地。整个高野山至今遍布寺庙，据说有一百多座寺庙。位于高野山的圣地奥之院，至今仍然保持着很浓的神秘色彩，日本历史上很多的著名人物均埋于此。

很有意思的是，单单从墓地的规制，就可以看出他们各自受欢迎的程度。

例如虽然织田信长一度被日本民众选为“最受喜爱的历史人物”，但其墓地非常简陋，如果不是有指示牌，一定会被忽略；丰臣秀吉的墓地虽然稍好一点，也大一些，但依然无法与德川家的墓地相比，也不如很多战国时期的大名。

高野山虽然从明治之后开始允许女性上山，但依旧保持着深厚的佛教唐密传统，连旅游住宿的选择只有寺庙，饮食的选择只有素食，饮酒更是不会被允许。由于欧美人猎奇心理和Lonely Planet《日本》的推荐，这里随处可见金发碧眼的欧美人，但我总认为他们很难理解这里满是密宗色彩又夹杂禅意的特殊文化。

从高野山旅游回来，我更加深刻地体会到，即便是在神道教主导的国家，也可以有佛教的圣地，而在佛教的圣地，也可以遍布各类鸟居和神社。虽然明治政府希望通过神道教国家化的运动加强民族单一性和纯粹性，但实际上在长期的历史拉锯中，佛教和神道教都有数量众多的支持者，他们相互关联，相互镇守，相互尊敬。文明的冲突只是一种相对的理论，在文化上接近、认识上几乎同源的中日文化，虽然历经多次战争的波折，但我总认为也可以像佛教与神道教一样，共存并相互欣赏。

路地とさくら

Chapter 07

小巷与樱花

京都祇园祭宵山

祇园祭时的小吃

京都二年坂的标志性三伞

弘前公园的樱花树下

松江的民居

小泉八云故居

岚山竹林

犬山城有乐苑如庵

金泽东茶屋街

①	②
	③

①京都花见小路上的怀石料理店
②银阁寺俯瞰
③银阁寺园林

宇治的抹茶街道

宇治中村茗茶

花间的弘前城

奈良市区的鹿

知览武家屋敷

知览特别的门当式样

角馆武家屋敷

角馆的樱花

樱花下的聚会

弘前的樱花和自行车

函馆五棱郭的樱花

函馆五棱郭的樱花

松前的樱花

日本的古城一般以建立在城市中的日式城堡为标志，辅以武家居住的古老地区和一些小巷，是日本旅行中最吸引人的地方。

在我最为熟悉的金泽，有壮丽的石川门遗址，而在市中心商业区香林坊附近，有一小片地区是过去为前田家族效忠的武家们居住的地方，至今仍然保持着较为完整的风貌。黄色的围墙、高大的树木、静静流淌的小河，感觉古代的日本就是这个样子。其实在日本很多的老街上，或许是由于土地、住宅私有的缘故，仍然住着很多古老的家族。可能是怕被愈来愈多的游客叨扰，许多私家住宅都标出明显印记。

一出金泽站，就可以在繁复玻璃顶棚的荫罩下，发现一个巨大的铜质茶壶雕塑，象征着唯一在金泽保存着的日本文化小巷——茶屋街。日本人从不讳言日本的茶道起源于中国，唐朝《封氏闻见记》中就有：“茶道大行，王公朝士无不饮者”的记载，这是现存文献中对茶道的最早记载。南宋绍熙二年（公元1191年）日本僧人荣西将茶种从中国带回日本，从此日本才开始种植茶叶，茶叶种植广泛分布在从关西到关东的大部地区。绿茶以静冈最为著名，而抹茶则以宇治为最。在南宋末期（公元1259年），日本南浦昭明禅师来到我国浙江省余杭县的经山寺取经，交流了该寺院的茶宴仪程，首次将中国的茶道引入日本，成为中国茶道在日本的最早传播者。日本《类聚名物考》对此也有明确记载：“茶道之起，在正元中筑前崇福寺开山南浦昭明由宋传入。”日本《本朝高僧传》也有“南浦昭明由宋归国，把茶台子、茶道具一式带到崇福寺”的记述。直到千利休（1522～1592年）成为日本茶道高僧后，他高高举起了“茶道”这面旗帜，并明确提出“和、敬、清、寂”的茶道四规为日本茶道的基本精神，要求人们通过茶室中的饮茶进行自我思想反省，彼此思想沟通，于清寂之中去掉自己内心的尘垢和彼此的芥蒂，以达到和敬的目的。

在今天日本旅游中，如果去到日本的古城或者是古寺，总是会在矮山或者树林中发现一座茶亭的存在，往往低矮、狭窄、幽静，掩映在无边的绿叶之中。

受饮茶文化的影响，日本也兴起了各种专门饮茶的地方，类似于中国的茶楼。相对富有、悠远的金泽此风更甚，在不大的城中形成了三条茶屋街。其中规模最大、档次最高的东茶屋街创设于1820年，石板路边排列着江户时代的茶屋建筑，一层是紫红格子窗，二层是遮雨棚，辅以装饰用的日式纸伞，美丽的街景散发着格调高雅的古日本风情。

西茶屋街相对偏远，位于野町区域，一百米左右的街道两侧分布有多家平民风格的茶屋，下午时候造访，可以观赏淡妆艺伎的表演，即便是走在街上，也会听到三弦、大鼓的声音。如果多停留一会儿，或许会看到艺伎撑伞走在古街道上的风情。

主计町茶屋街紧临浅野川，以古树、小道、竖格子门著名，有多家经营传统和食的餐馆。在相邻小街上的一个老宅中，日本著名作家泉镜花就出生在这里，他是一个雕刻工艺师和一个能乐演员的儿子，自幼临摹草双纸插图的少年，沾染着宅前茶屋街的浪漫气质，对他今后的创作风格有着很大的影响，芥川龙之介形容其文字“兼备绚烂与苍古”，川端康成更是认为“日本到处都是花的名胜，镜花的作品则是情趣的名胜”。

从旅游的选择来看，一般会把关西地区或者东京地区作为第一次造访日本的目的地，而关西地区则是可以更深切了解日本历史的地方。碎石街道、曲水池塘、白沙庭院、竹林茶亭、朱红鸟居、幽远寺庙，行走在古老街道上的艺伎和漂浮在水面上的金色寺庙，关西这一日本传统文化的中心和几乎所有重大历史事件的发生地，构成了游客对于日本的朦胧印象。我也不能免俗，关西旅行从京都开始。

京都的街道呈现出比较典型的井字形排列，Lonely Planet《日本》上的形容是“与曼哈顿类似，京都采用网格布局”，其实这是典型的西方人对于东方文化的错觉。京都街道的这种排列方式，源于中国古代的建筑模式，和网格只剩形似。《周礼·考工记》中对于“城”的营建有专门的说明：“匠人营国，方九里，旁三门，国中九经九纬，经涂九轨，左祖右社，面朝后市，市朝一夫。”京都有古城、宫殿、神社、寺庙等诸多著名景观，我甚至还专门造访过这里的祇园祭，但这里最吸引我的，还是那些古老的街道。

不知是有意还是无意，京都的古老街道主要保存于城市的东面，吸引游客最多的是大致从清水寺开始至祇园的路线。沿着三年坂、二年坂、高台寺、石坪小路、花见小路、八幡神社至祇园，让人觉得这里才是真正的日本，虽然现在满是售卖各种小工艺品的商店、冰品店，或者是在幽静街道上经营怀石料理的餐馆。

其实沿银阁寺经哲学小路至南禅寺的路线更为幽静，可以途经很多寺庙和神社，虽然没有鳞次栉比的古建筑群，但沿路的咖啡屋总能让人解乏，路边的睡猫是哲学的点缀。

位于京都郊外的岚山也是颇受中国游客青睐的地方。这里不仅有千年古寺、清幽竹林，更因为周总理的到访而增加了许多中国元素。1919年4月5日，周总理在离开日本之前，专程从东京往京都游历，游览之后写下了《雨中岚山》等三首诗。1979年，一些日本友好人士在岚山专门建起一座石碑，刻上了由廖承志手书的《雨中岚山》。

从京都出发往南不远即可到达小城宇治，宇治虽没有城堡，但在去往平等院的路上也还是有一条古老的小街，路旁满是经营宇治抹茶各式产品的商店和冷饮店。

同样位于关西地区的奈良，是日本历史上第一座著名的都城，特别是由于奈良兴盛时代恰逢“遣唐使”最为活跃的时期，所以奈良这座古城有着最深的中国古代印记。位于斑鸠地区的法隆寺满是盛唐建筑的印记，寺庙中的围墙都有接近千年的历史，走在这里的石板小巷上，好像真能感受到古代的气息。奈良市区现在已少有古巷了，在一些城市的角落里零星地散布着。真正让游客感到开心的是这里随处可见的野鹿。

日本的古城大都和古老的小巷并生，无论是松前、角馆、松本、伊势、荻、知览还是饶肥。可保存完好的老街道总让我觉得还缺点什么，白加黑的建筑色彩总让人觉得单调。突然想起，绚丽的樱花才是这古老建筑上最不可缺少的浓重一抹。

据日本权威的樱花著作《樱大鉴》记载，日本樱花最早是从中国的喜马拉雅山脉附近地区引入的。云南与喜马拉雅地域相近，自是最早受惠地区之一，滇樱花也有一定的知名度。这使日本有另一种传说，称日本樱花的祖本，是由僧人从云南带回去的，这与有的日本人坚称他们的祖先是云南白族人可能有一定关联。

日本关于樱花也有一个传说。相传在很久以前，日本有位名叫“木花开耶姬”（意为樱花）的仙女。有一年11月，仙女从冲绳出发，途经九州、关西、关东等地，在第二年5月到达北海道。沿途，她将一种象征爱情与希望的花朵撒遍每一个角落。为了纪念这位仙女，当地人将这种花命名为“樱花”，日本也因此成为“樱花之国”，日本政府更是把每年的3月15日至4月15日定为“樱花祭”。日本气象厅每年也会发表被称为“樱前线”的樱花盛开的日期预测。

其实日本关于樱花的这个传说很现代，日本居民的足迹到达北海道的历史并不长，但樱花在日本种植实际上已有一千多年的历史了。在奈良时代（710 ~ 794年），和歌中还是以梅花为主角。直到平安时代（794 ~ 1192年），樱花终于成为主角，咏樱花的和歌比咏梅花的歌要多5倍。如果从赏樱的传统来看，在更早的7世纪时，奈良的吉野山就已经成为樱花胜地，持统天皇曾经多次造访。直至今日，奈良吉野山依然是日本三大赏樱胜地之一，也是历史最为悠久的一处。平安时代的宫廷已经开始流行樱花宴，而在庆长三年（1598年）3月15日，丰臣秀吉在京都醍醐寺举行的赏花会（历史上称“醍醐の花见”），以其豪侈华丽而名标史册。“花见”（Hanami）这一日本特色的赏花方式在江户时代（1603～1867年）风行日本，在春天樱花盛开的时节里，人们群聚于各地赏樱名所，席坐粉白花树下，举杯高歌，谈笑春日。

“欲问大和魂，朝阳底下看山樱”，日本人认为人生短暂，活着就要像樱花一样灿烂，即使死，也该像樱花凋落一般干脆离去。

前两次到日本的时间总是夏季，早已过了樱花盛开的季节，在第三次到日本之前，终于调整好了自己的时间，希望能和樱花的末季相吻合，在日本看到掩映在浓重樱花色彩中的美景。可俗事纷扰，等到可以真正动身的时候，已经是5月中下旬了。

樱花的花期很短，有“樱花七日”的俗语，但由于日本狭长的南北向地理结构和不同的樱花种类，每年樱花开放的时间可以持续到从3月中下旬到5月上中旬，同时由于每年的天气差异，花期也可能提前或者缩短。5月间只有在日本的东北或者北海道地区，才可能看到樱花盛开的景象了。虽然5月下旬的出行已经有点樱花季尾巴的意思，但对于还没在日本看过樱花的我来说，樱花的尾巴也要抓住。

遥远的弘前位于日本东北地区内陆的岩木山脚下，自1715年津轻藩武士从京都移栽樱花树苗后开始在弘前城附近大量种植，明治中期樱花树数量已经逾千株，现在有大约2600株樱花树。弘前的樱花树与弘前城相映，想想都有美好的感觉。

于是在一个周末从北陆出发前往弘前，在青森转乘开往弘前的地方铁道时，已经能明显地感觉到凉意，心中其实有一些窃喜，凉快一些好像才是春天的温度。当时已是接近太阳落山的时候，在经过一个小站的时候，意外地发现窗外站台边有一些绚丽的色彩，我的心也随之舞动起来，终于赶上了樱花的季节。

抵达弘前已经是黄昏时候，很快地在旅馆入住之后迅速乘车赶往弘前城公园。在没有看到樱花的时候，总是怕错过些什么，而当我走在樱花纷洒的弘前城时，幸福的感觉油然而生。几个日本中学生欢快地骑着自行车在樱花树下穿行，好似这一美景的最好注脚；安静的公园里游人已经基本散去，恍惚间有这满园樱花只属于我一个人的错觉。沿着开满樱花的步道走向弘前城，摇曳的樱花如柳条般随风舞动。

沿途遇见几位拍摄黄昏时候樱花景色的游客，相互打量着对方手中的长枪短炮，感觉樱花的美景是如此传神。他们大都是从日本其他地方赶来拍摄樱花季的，夫妻共同出行。在护城河边，不停地比画，终于拍下了一张自以为很好的樱花照片，是掩映在粉色浓重色彩中的弘前城。

第二天早晨一起床，继续去探寻樱花的足迹。当我乘坐公共汽车再次穿行在弘前市区的时候，我发现其实弘前市区的行道边就有好多樱花。后来查了一些资料发现，原来日本有一个成立于1964年9月29日的组织——日本樱花协会（日本さくらの会），专门在全国乃至全世界范围内从事樱花观赏和节日推广、樱花种植推广、保护樱花古树、奖励从业者等相关活动，极大地复兴了日本的樱花种植和相关的樱花节日活动。该协会在1990年选出了日本樱花百选，基本成为了现在日本赏樱的标杆，其中包括为中国游客所熟知的东京上野公园、京都岚山、奈良公园等。他们还在2013年第一次进行赏樱海外认证，将台湾地区日月潭九族文化村定为“赏樱名所优选”。

弘前公园的樱花映着和煦的阳光，随着微风从樱花树上纷纷扬扬地飘落，优雅动人。公园中有很多日本的中学生在写生樱花，感觉有主题的春游，其实挺好。当走到古迹区边的樱花树下时，偶然发现岩木山也可以眺望，山顶的积雪、粉色的樱花，好像就是我想象中日本的色彩。满足地慢慢走出弘前公园，护城河的水面已成粉色，只留余香与浪漫。

从弘前经由青森北上，到达北海道南部沿海的最大城市——函馆，这座以夜景闻名的城市其实也有很美的樱花，虽然不在日本樱花百选之列，但也美丽非常。函馆的五棱郭1866年建造完成的星形西洋式城郭，是日本第一个以西洋建筑格式所建造的一个城堡，虽然早已在戊辰战争中被夷为平地，但五棱郭及周围遍种樱花。

我到函馆的时候已是5月下旬，但可能是因为当年花季相对较晚的缘故，刚好碰到了五棱郭樱花盛开的时间，虽然没有像弘前城那么多高大、摇曳的樱花树，但是如梅花般高矮的樱花树也满是娇艳。海鸥们也来凑趣，在樱花树下自由自在地踱着方步。

北海道古老的政治中心松前也有着美丽的樱花。受日本樱花百选名头的蛊惑，我从函馆乘公共汽车前往松前。松前的地理位置比较偏僻，靠近北海道的最南端，但由于不通火车，所以现在游客稀少。到松前时已经是午后，虽然是樱花季节，但整个城市给人的感觉依然非常冷清，而且温度比函馆还低一些，真正乡野的感觉油然而生。

樱花在日本分布非常广泛，早已被看作是日本的一个文化符号。

都会と田舎

Chapter 08 城市与乡村

札幌啤酒节街头表演

①东京街头
②新宿街头
③国立东京博物馆中东馆

国立东京博物馆藏品

东京皇居护城河中的天鹅

东京塔 札幌电视塔 名古屋塔

白川乡风景

臼杵的田园风光

白川乡和田家宅

据日本总务省2013年公布的数据显示，日本是世界排名第十的人口大国，总人口超过1.26亿，再加上仅377835平方公里的国土面积，人口密度远高于中国。与日本面积接近的中国云南省，人口仅约为4600万。日本国土狭长，平原面积狭小，平原主要分布在河流的下游近海一带（即日本本州岛东部地区），多为冲积平原，规模较小。如果按照人口生理密度来看，日本更高，仅次于埃及。

这本应是到处挤满人的日本。但真正到日本之后，恍惚间却有一种地广人稀的感觉，特别是当我行走在小镇鹤来时，除了在车站和超市，经常看不到一个人影，安静是这里的主题词。后来有机会去到一些大城市的时候，又经常被汹涌的人流所吓住，特别是在一些主要车站的周边地区，感觉虽井然有序，但也是中国春运期间的景象。忽然间意识到，这就是日本的城市和乡村之间的鸿沟。

按照一般的认识，日本的城市化比西方发达国家大约晚百余年，但由于其发展较快，只用了不到五十年的时间，就已经达到了发达国家的水平。日本从明治维新后至第一次世界大战结束，虽然已经开始城市化并出现诸多设立城市的实践，但城市化发展缓慢，城市化率也只有18%。从1868年明治维新开始，日本开始了工业化的第一发展阶段。可以说，封建领主们对于西方机械的好奇和引进，为日本在明治维新后的工业化提供了一定的技术准备和思想准备。特别是由于中国在鸦片战争之后被西方的机械文明快速击败，更是激发了日本有识之士对于西方文明的好奇和快速吸收。日本维新时期著名思想家吉田松荫、木户孝允等在亲眼目睹美国海军准将M.C.佩里率舰队驶抵江户湾的浦贺，鸣炮送白旗逼迫日本开国后，激愤难平，都曾有过跟随美军舰只远赴海外学习的愿望，但是被美军拒绝了。可他们依然抱有向西方学习的思想并深深地影响着他们的学生，加之日本这段时间地方势力与幕府的尖锐矛盾，使得他们影响地方领主的思想成为可能。这一阶段日本的工业化和城市化主要是通过农业支持来实现的，表现为征收高额农业税吸取农业剩余扶持工业发展。

“一战”后，日本经济快速成长，工业产出首次超过农业。从明治维新到1920年，日本开始从农业国向工业国转变，同时工业化的发展促进了城市化。为支持工业化的快速发展，日本政府通过制定多种政策措施促进农业变革，例如废除德川幕府时期所颁布的一系列禁令，改革旧的领主土地所有制关系，制定和大力推广“劝农政策”，推进农业技术改良，兴修农田水利，重视农业经营，推广农业教育等。随着工业化、商业化思想在农村的普及，从约1850年开始，日本已经开始形成现代日本农业协同工会的雏形。当时这些组织集中从事生产资料的购买、生产资金的融通和产品的销售等。随着城市化的快速推进，出现城乡之间公共卫生设施的差异，1919年在岛根县最早出现了为解决边远穷困农村地区缺医少药问题的农业协同组织，日本在这一时期已经开始注意农村地区的城市型公共服务问题。

随着“一战”结束，日本的城市化并没有迎来太快的发展，而是沿着“一战”前的轨迹平稳发展，到1930年时期，大约有半数的工人服务于第二和第三产业，25%的日本居民在城市居住。从日本拓殖大学教授佐藤城司接受凤凰网采访时的谈话来看，这一时期的日本农村居民向城市的拥入是自发的向往，很多农村居民为了谋生走向东京等大城市。从1930年代开始，经过长时间的向西方学习和人才准备，日本的工业化进入到重型装备制造蓬勃发展的时期。例如虽然早在1907年，日本人吉田真太郎造出第一辆日本的汽油轿车，但直到1933年，日本年产轿车也仅为几百台。随着丰田喜一郎于1933年投资13万美元成立汽车部，日本的汽车产业才开始进入到快速发展的轨道，1934年丰田开始小批量生产A1轿车，到1937年，丰田一共也仅生产轿车4013辆，但是随着生产线技术的应用、丰田佐吉所积累的生产线经验和人力资源的推动，丰田在1940年已经实现了年产15000辆汽车。也正是在这一时期，工业化与城市化的叠加推动日本经济快速发展，劳动力加速向重工业城市集中，逐渐形成了著名京滨、中部、阪神和北九州四大工业带。日本在1940年城市化率已达37.9%。

1950年，朝鲜战争爆发，日本进入战后经济高速增长和快速城市化阶段，城市化率从1950年的37%上升到1977年的76%，年均增长1.5个百分点。1956至1973年是日本工业发展的黄金时期，18年间工业生产增长8.6倍，平均每年增长13.6%。并且，以此形成了京滨、阪神和名古屋三大城市圈，使日本成为城市和郊区人口占多数的国家，这三大都市圈在历史年代初就已经聚集了约占日本三分之一的人口。

20世纪70年代，日本的经济增长速度放慢，进入后工业化时代，第二产业的产值在国民生产总值中的比重逐年下降，而第三产业逐渐成为国民经济的重要组成部分。从70年代开始，服务于第三产业的工人数量大幅增加，农村人口从4819万人减少到2005年的1750万人，仅1990年到2005年的15年中就减少了1046万人。到2004年第三产业的产值占总产值的71.8%，吸纳的劳动力占总就业人数的66.9%。

随着日本社会进入后工业化时代，城市化也出现了新的特点。主要表现在：第一，城市化水平继续提高。城市人口比重2005年超过86%。就业率于1985年超过了60%，1995年达到64.7%。但是随着日本经济的衰退，就业率也逐年下降，到2005年下降至57.6%。第二，东京的一极膨胀。日本各地的工资水平有一定差异，如果是在经济比较好的年份里，人们更愿意在靠近家乡的地方工作，但如果是在经济衰退的年份里，人们不得不前往东京等大城市寻求更好的工作机会。随着20世纪90年代以来日本较长时间的经济衰退，使得东京这一城市所居住的人口不断增加。日本东京人口在2010年首次突破1300万，在此之前的10年间，东京人口净增加100万。不过近两年来，东京人口的增长速度放缓，截至2013年年初，东京人口为1310万，但随着东京成功申办2020年奥运会，估计东京人口还会保持较长一段时间的增长。

如果到过东京旅游，一定会对东京潮水般的人流有深刻的印象，无论是在东京站、新宿这样的城市中心区，还是在品川、上野这样的重要换乘站皆是如此。因为东京都的人口看似只有1310万，但居住在东京都市圈内的人口早已超过3500万，是现在世界上最大的都市圈。对于看惯了高楼大厦的中国游客来说，东京的现代化和高楼大厦并不能给人多少震撼，但便利的公共交通、良好的公共环境和有序生活的城市居民却给我留下了十分深刻的印象。

第一次到东京是在2011年的夏天，坐新干线到东京之后在品川下车，随着汹涌的人流很快就找到了停留的旅馆。第一眼的感觉总是很重要，不知道为什么就喜欢上了这里，于是后来几乎每次到东京都在品川附近停留。我后来想，可能是因为便利的交通，因为所有东海道山阳新干线都会在这里停留，还有众多JR线路可以在这里换乘。东京给我的第一眼印象并不好。喧哗、嘈杂、汹涌的人流仿佛随时都可以把你淹没，和我所待过的城市相比也显得比较脏，甚至还有人在路边随处吸烟。

既然到了东京，还是要四处看看的，于是我选择了上野的博物馆群作为第一站。选择这里，也可以说是集邮式的心态使然。在此之前，我已经去过奈良、京都和九州三个日本国立博物馆，东京是最后一个。在国立东京博物馆，看到了许多传说中的日本文物，给我的最大感受就是布光很好，多数展品都可以不开闪光灯摄影。我觉得对于远道而来的游客来说是一个很好的体验，虽然对于一些被列为“国宝”的文物颇有些“不屑一顾”的感觉。

国立东京博物馆展品众多，与一般的博物馆类似，有一些常设展厅和一些特别展厅，当时正在进行的“孙文与梅屋庄吉展”吸引了我的注意。过去虽然知道孙文有多次造访日本的经历，但没有听说过梅屋庄吉这个名字，强烈的好奇心驱使着我走入展厅。这个展览中的展品都不允许拍照，其中给我留下最深印象的展品，是一件写有“慈母”二字的和服短外褂。梅屋庄吉1895年结识孙中山，并允诺“君若举兵，我以财政相助”，在此之后几乎资助了孙中山领导的历次革命活动，并为孙中山流亡日本时期提供住处，更是促成了孙中山与宋庆龄1915年在其家中的婚礼。孙中山在梅屋和服短外褂的背面挥毫写下了“慈母”二字，赞颂梅屋庄吉夫妇像慈母一样不求任何回报地支持自己。孙中山1925年逝世以后，梅屋庄吉集资铸造了4尊孙中山铜像，分别赠予南京中央军官学校、广州黄埔军校、广州中山大学、中山市孙中山故居。梅屋庄吉还计划拍一部《大孙文》的影片，但因1931年“九一八事变”的影响而未能实现。梅屋庄吉为孙中山的革命活动积极提供捐款，并在家境中落的情况下依然如故，以致负债累累，被迫改组其所经营的公司，出让公司股票。梅屋庄吉共援助了多少钱呢？据东京学艺大学教授中村义说，仅资金援助就远远超过100万日元（1897年日本开始实施第二次金本位，规定1日元等于0.75克黄金，一直维持到1914年关东大地震放弃金本位），大致相当于援助了750公斤黄金。这次参观让我有很多感慨，历史书中一字不见的人物，却是历史中的关键点；原来历史并没有被历史遗忘，而是被历史书遗忘了。

离开上野之后，我乘坐JR线路前往浅草一带游览。其实前往浅草，JR线路并不是最佳选择，出站下车之后需要走行一段不短的距离，而浅草寺早已被附近的旅游小商品销售区所淹没。浅草寺中参观游览的有很多外国游客，满耳听到的都是英语、中文。

浅草寺有两个地方给我留下了很深刻的印象，一是硕大的草鞋，另外一个则是山门的大灯笼。在我看来，浅草寺更像是一个典型的大城市景点，在无数林立的高楼之间，有一块方寸之地，保存着一些古老的建筑。

匆匆逛完浅草寺，逃也似的离开了拥挤的人群，去往东京夜景的最佳观看地点——台场。台场的夜景，以东京湾区的跨海大桥和银座的高楼大厦为主要背景，辅以多艘木制的游船点缀，现代之中不乏古典。虽然东京在东日本大地震之后一直奉行节电政策，整个城市减少了很多照明设施，但镜头里的夜色依然妩媚。不过，这里并不在日本人传统认知中的夜景胜地之列，这里的夜景比较平面，不像长崎和函馆那么立体。唯一的恶趣味来自旁边的自由女神像，仿佛在提醒人们不要忘记日本也是靠山寨起家似的。

在日本九州南部地区，有一座小城市叫作宇佐，英文音译通常写作USA，Lonely Planet《日本》这样写道："第二次世界大战战后初期，日本的制造工业并不发达，当时许多公司都想在宇佐注册，这样他们就可以在自己的产品上注明'美国制造'（Made in USA）。" 不过在日本人心目中，宇佐的出名是因为八幡神社的原因。

后来又陆续去了东京市内的其他一些景点，例如皇居，在20年前父亲曾经拍照过的地方拍下一张照片；又如明治神宫，家里至今还保存有父亲从那里带回来的纪念品——几支明治神功的纪念铅笔，现在已经没有销售了。东京给我的最大感受是非常明确地告诉我，这里是一座城市，而且是一座大城市。繁华的街道、喧嚣的人流、拥堵的汽车、炫目的夜生活和便利的公共交通，这里有着和其他大城市一致的特征，所以于我而言，东京并不是一个了解日本的最好地方——如果是带小朋友去迪斯尼或者购物又另当别论。

想起许多人说起中国的大城市没有特点，其实日本的大城市又何尝不是这样。后来去的日本城市多了，发现东京、名古屋和札幌的电视塔几乎一模一样，甚至名古屋电视塔和札幌电视塔周边的城市景观都很类似，后来才知道是源于同一位设计师的作品。这个设计师实在是太能偷懒了啊！

从城市出发，走向农村，是日本真正的美丽所在。日本的农村不是保持着原始状态的风景与生活，而是一种整洁、安静与祥和的感觉。日本大一点的乡村，一般会有一些聚居地，超市、理发美容店、各种快餐店，以及一座高尔夫球练习场加上一些娱乐设施，就组成了这里的中心。研究所附近的野野市，或者是机场所在的小松，在这些稍微繁华一些的地方，可能还有较大一点学校，特别是高中的存在。如果是上下学的时间，总能在公共汽车或者是电车上看到很多校服男女。小一些的乡村地带，可能连一个小卖铺都没有，倒是有一些自动贩售机立在路旁，路边一些不起眼的小棚子很可能就是乡村与城市往来的公交小站。但是在这些乡野之间，总会有一些神社、寺庙或者仅仅是神龛。走在这样的小路上，很难碰见人。很多房屋和中国的农村一样，看起来也很是破败了，只有偶尔出现的平假名标牌让我想起这是在日本。与中国农村很大的不同在于这里的整洁。

日本的乡村中最有名的所在，恐怕要属白川乡与五箇山了。由于独特的合掌造群落，于1995年被列入世界文化遗产。这个原本不起眼的村落，却是日本第六个入选为世界遗产的地方。你很难想象，这样一个代表日本中部山区原始风貌的村落，入选世界遗产的时间居然早于广岛原子弹爆炸遗迹、琉球国遗址、日光的神社和寺庙，甚至还早于奈良的古遗迹。

这些山村的特别之处即是有名的“合掌造”，是日本传统乡村的建筑。“合掌建筑”指的是将两个建材合并成叉手三角形状且用稻草芦苇来铺屋顶，在白川地区又被称为“切妻合掌建筑”，其特征是两边的屋顶像是一本打开的书一样，成一个三角形状。这也是因应白川地区雪茫的自然条件而发展出来的。另外，合掌屋大多面对着南北方向，其原因是考量白川的风向，减少受风力，且调节日照量，使房屋得以冬暖夏凉。而合掌村的得名，则来自于其建筑形式，呈人字形的屋顶如同两手合握一般，于是房子被称为“合掌造”，而村庄就被叫作“合掌村”了。日本人还认为这样的合掌样式，有点像祈福的手势，建造式样颇有些神秘主义的色彩。

由于这里位于岐阜与石川的山区之中，只有公共汽车可以来往，造访的游客相对较少。日本人大多把这里作为半日游的地方，一到入夜时分便会离开，这里又恢复到原始的村落状态。原本以为这里比较大，需要很多的时间游览，所以选择了在这里停留一晚。吃过晚饭，迎着夕阳爬上附近的城山，俯瞰这座大山之间的小乡村，宁静而祥和，只有穿过小村的公路与路灯提醒着人们，这里也已经进入现代文明的时代。看过冬季白川乡的照片，大雪覆盖下的合掌屋真如童话世界一样，可惜我来得不是时候。

与大城市不同，日本的乡村保存着日本文化中最传统的部分，但其实和中国农村的现实状况类似，已经很少有年轻人愿意留在乡村，乡村里大多是古稀的老人。或许，这也是生活的一部分。

日本のあるある

Chapter 09 旅日二三事

JR稚内中的分类垃圾筒

立山室堂坪的垃圾分类筒

大阪Eggs Things餐厅排队

小笠原诸岛海边

利尻岛仙法制御崎海岸

礼文岛澄海岬

隐岐诸岛上盛开的紫阳花

隐岐诸岛上的乡间神社

隐岐诸岛明屋海岸

知床五湖

知床的黄昏

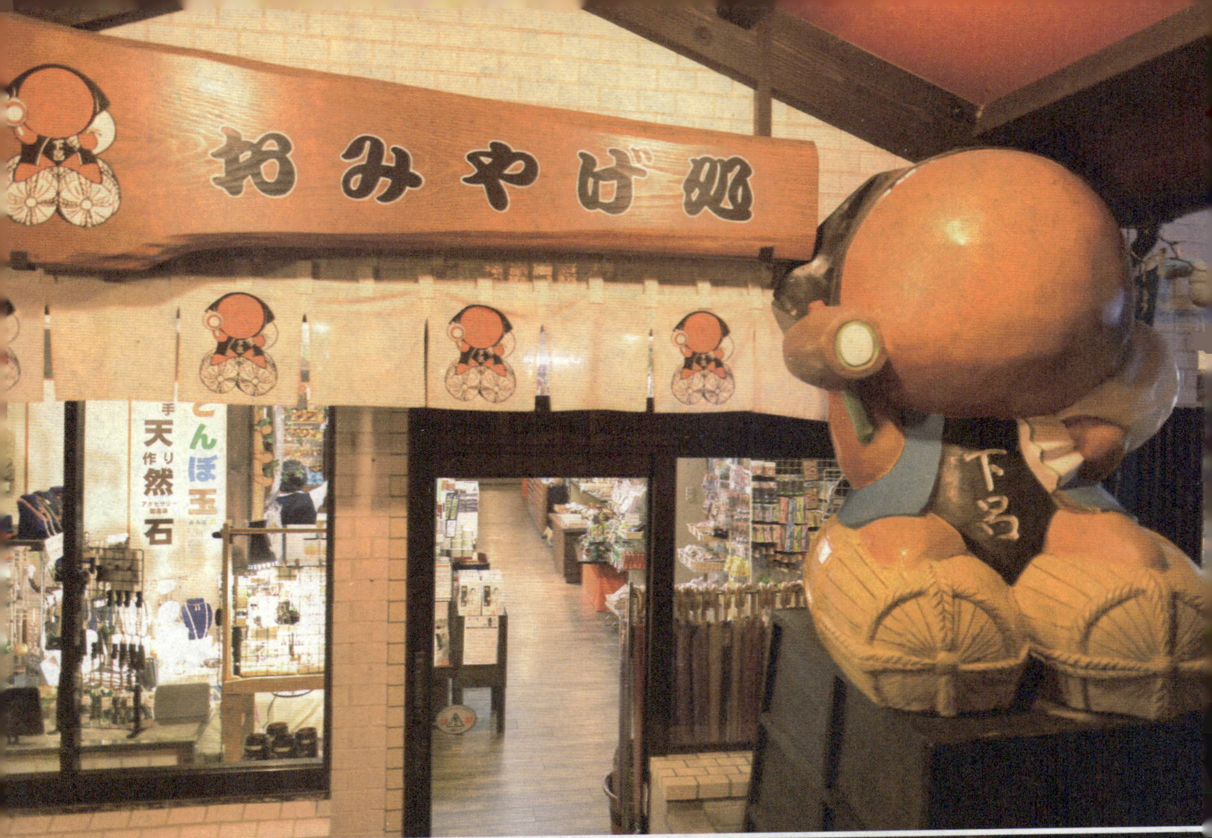

①	
②	③

①下吕地区特色人偶
②下吕旅馆蘑菇木雕
③下吕夜灯

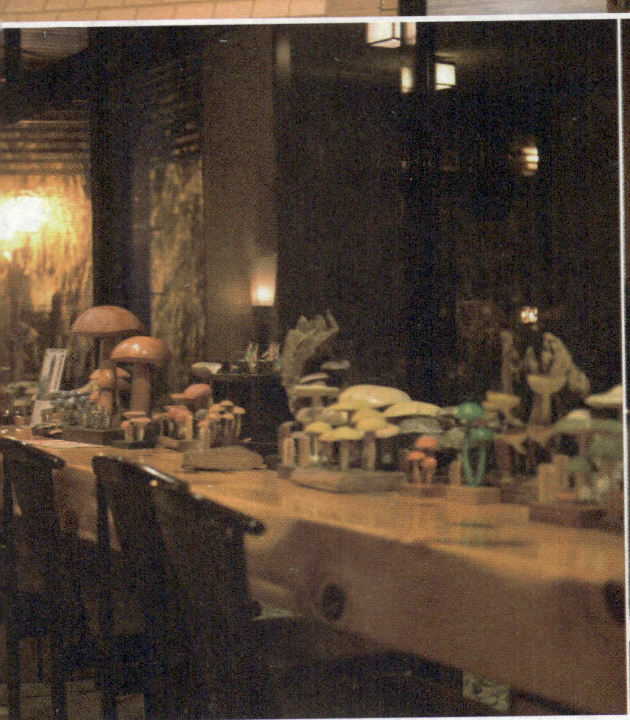

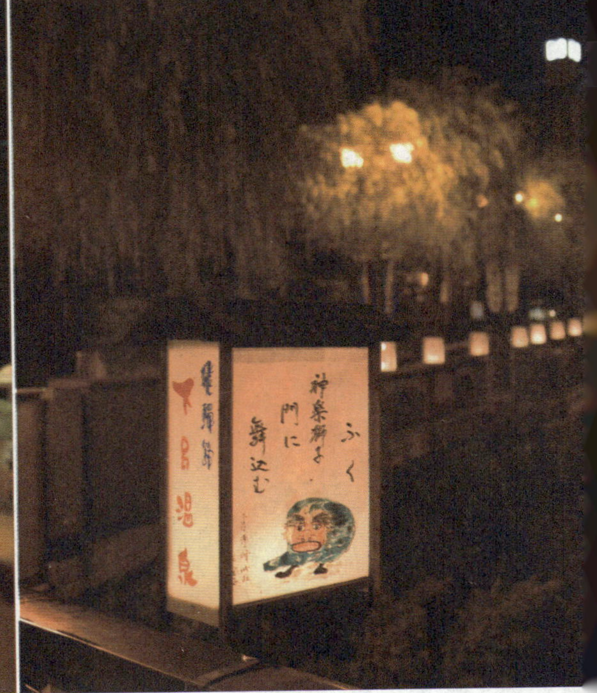

下吕系腰带的长者

垃 圾

日本垃圾的分类、回收与再利用世界闻名。在我读博士的时候，由于主要做的是环境政策与评价等方面的研究，因此阅读过很多相关材料，对于日本的垃圾处理有了初步的纸面印象。网上流传最广的是横滨市厚达27页的垃圾分类手册，一共有518个小项。试看几例：口红属可燃物，但用完的口红管属小金属物；水壶属金属物，但12英寸以下属小金属物，12英寸以上则属大废弃物；袜子，若为一只属可燃物，若为两只并且“没被穿破、左右脚搭配”则属旧衣料；领带也属旧衣料，但前提是“洗过、晾干”。不过，这与近些年的德岛县上胜町相比，那就是小巫见大巫了，该町已把垃圾细分到44类，并计划到2020年实现“零垃圾”的目标。

但真正到日本生活之后，我才对日本的垃圾分类有了深刻的印象。

我曾经在研究报告中将日本垃圾分类回收成功的原因总结为法规保障、分类精细、政策到位、管理有序、人人自觉等，但在日本多次长时间访学之后，我感觉其中最重要的原因是——人人自觉，从小学习，从我做起。初到日本研究所，学校发给我一袋资料，有附近公共交通的搭乘方式、周边的介绍、往返机场的方式、一些设施设备的使用方法等，但其中最让我意外的，是一系列有关如何扔垃圾的资料介绍，其中包括一张家用平时垃圾分类的介绍、垃圾丢弃时间的介绍、家庭大型垃圾分类介绍和丢弃时间的示意图等。

我花了很长时间来学习这些资料，最不习惯的有两点，一是需要买两种颜色的垃圾袋，二是需要按照规定的时间去扔垃圾。

日本小学二年级孩子学习如何处理牛奶盒的过程，如下：一、在教室里，小朋友把牛奶盒里的牛奶喝得干干净净；二、在装着水的桶里汲水清洗牛奶纸盒（注意：不是在水龙头下洗哦，那很浪费水的）；三、因为已经养成习惯，小朋友一个接一个依次清洗；四、把洗好的牛奶盒水倒干以后放在通风透光处晾晒；五、把前一天晒好的牛奶盒用剪刀剪开，方便收集（到底是二年级的学生了，已经很会用剪刀）；六、工作人员收集同学们处理过的牛奶盒 。

日本从小学开始就要求每一个小朋友按照垃圾分类的规定自己操作，并作为素质教育的重要内容。如此的纪律性和对规则的遵守让我很是震撼。

在日本游览的时候，我发现无论城市还是乡村的街道上，很少有垃圾桶的踪迹，但地上毫无乱扔的垃圾，大家会把垃圾带在身上，等到有垃圾桶的地方再丢弃。由于日本许多大城市都已经实行了公共场所禁烟的规定，街道上几乎没有烟头。而且日本越是边远的城市，禁烟的法规执行得越好。例如在我访学的小城能美，从来没有在路面上看到过吸烟的人，东京、大阪这样的大城市偶尔会看到。鹿儿岛，由于临近的樱岛火山常年处于喷发状态，火山灰随风飘落，于是在分类垃圾桶旁，专门有回收火山灰的地方。

日本在正式颁布垃圾分类的相关法规之后，用了差不多8年的时间基本实现了全国垃圾分类、回收和再利用的有序化，但夹杂其间的国民教育历程，则远不止8年。

排　队

有一次我乘JR从金泽前往鹿儿岛，恰逢日本每年最重要的节日之一——盂兰盆会。于是有机会见识日本的“春运”。当我从金泽乘车前往大阪再从新大阪车站转车前往鹿儿岛的时候，拥挤的人群提示着现在是日本的“春运”时间，第一次看到了国内常见但日本却很少见到的人山人海。大家其实都很想回家，但我惊奇地发现人群有序地排着长队，但丝毫没有急迫的样子。由于队伍很长，不同车厢的队伍时常会有交叉，但大家好像习以为常似的没有任何混乱，即使是当列车进站之后，人群依然有序地向前慢慢移动。

看过一个故事，说俄语里根本没有“插队”一词，因为大家总是有序地排队，我想日语里可能有“插队”的说法，但估计也很少用。

日本的火车除了城市线路之外，很多时候是比较空的，但人多的时候也有。有几次发现当车里人很多的时候，人们都会聚集在车厢之间的空地，或者在自由席边徘徊，从来不会进入指定席的车厢——这或许也是一种排队的习惯吧。

不仅火车上如此，日本很多地方都需要排队，大家也都是安静地等候着轮到自己。在大阪的时候曾经想去一家非常有名的“蛋餐厅”，去了之后才发现队伍很长，店门对面的路边也排着长长的队伍。我很佩服日本人排队的态度，却失去了吃“蛋餐厅”的兴趣。一位日本友人有过一种解释，在上世纪七八十年代，日本年轻人的数量比较多，整个社会资源比较紧张，所以竞争会激烈一些，排队的观念就差很多，现在随着日本老龄化越来越重，整个社会资源供需结构调整，所以感觉日本人心态也要好一些。

我深以为然。中国在改革开放之后迎来了快速发展的时代，从深圳树立起“时间就是金钱”的招牌开始，整个中国社会都进入了“快”车道，整个社会财富快速增长，但伴随而来的是成名要早、致富要快、快速记忆、快速入门，甚至连婚恋都走向了速配、闪婚的阶段。加之快速增长的财富并不能与社会资源供给相匹配，无论住房、教育、医疗或者公共交通都呈现出优质资源的稀缺性，于是全体中国人都呈现出努力工作、辛勤育儿、快餐果腹、行色匆匆的状态，于是“生命不能承受之轻”变味为“生命不能承受之快”。诚然，速度和效率是工业革命的巨大贡献，但自20世纪后半叶开始，经济高速发展带给人们丰厚物质回报的同时，也伴随着精神的紧张、焦躁，进入21世纪更是演变为与之相伴的各种竞争与脾性的乖戾。都市的车流滚滚，当人们的脚步匆匆，当不长的队伍前总会有急迫的插队，我想这便是“当我们正在为生活疲于奔命的时候，生命已经离我们而去”的真实写照。我们只有尝试着去习惯慢下来，慢食、慢读、慢思、慢行、慢游、慢爱，我们的生活才有可能慢慢地变得美好起来。

租　车

日本有很多美丽的乡村。在日本的时间越长，我便走得越远，乡村之旅是我最钟爱的路线。

就是这种去往边远地方的心态，使我踏上了去隐岐诸岛的行程。

隐岐诸岛在日本山阴地区岛根县东北部约80公里的岛群。以断崖、奇岩和洞穴闻名，是日本的潜水胜地之一。早在奈良时代的神龟元年（724年），隐岐就被当权者定为远流之岛，后鸟羽天皇和后醍醐天皇均曾被流放至此。所以除了自然风光，隐岐诸岛的人文风光更让人心动，至今还保持着“斗牛”、“莲花会舞”等传统节目。

到隐岐诸岛可选择坐飞机，但我仍然决定乘船前往，期望航路上可以巧遇鲸鱼巡游，虽然在夏季遭遇概率非常低。

在小雨的洗礼中正式开始了我的隐岐诸岛行程。经过1个多小时的航行，抵达第一站——岛前来居港。港口很小，也很少有人下船。从来居港开始，感觉就不是在海中航行，而是在湖泊中航行。岛前主要的三个岛屿环绕在一起，将航线变成了内海，海水很平静，没有什么风浪。第二站是岛前别府港，当抵达的时候太阳终于从云层中露出了笑颜，海水呈现出美丽的色彩。最奇妙的是，港口的地方画着一只巨大的单眼怪摆出欢迎的手势，直到后来返回港口才知道缘由。从别府港已经可以看见我的目的地菱浦港了，再经过一小段行程，我终于到达目的地。

日本的旅馆入住时间一般为下午3点，旅馆大门口的一条大鱼令我印象深刻。现在并不是旅游的旺季，所以游客很少，旅馆的接待告诉我房间已经准备好了，可以提前入住，这让我有点小惊喜。

小岛的面积并不小，我打算回到旅游信息中心租辆自行车骑游。来日本之后，有很多次在旅行点租用自行车的经历，还记得去臼杵看石刻的时候，是我第一次租用自行车。那次租车对外国游客免费，只需在服务处登记护照上的名字、国籍和护照号就可以免费使用1天。当时我就暗自嘀咕，他们不怕自行车丢吗？这次没这么幸运，500日元租车1天，需要在下午17:30他们下班之前还车。按照日本的惯例，都是先付租车费、不用押金的。接待我的女士给了我一张当地的地图，告诉我最值得骑行的方向、路线和所需时间。在选车的时候，我发现这里还有电动车可以租，收费是800日元，于是立即改变主意改租了电动车，递给管理员两个500日元的硬币后就急不可耐地骑车出发了。

刚开始骑行的路线经过一个海湾，岛上多数的旅馆和商业都集中于此。而我的骑行目标是位于小岛东北端的明屋海岸。整个海岛非常安静，又是属于我一个人的旅程。途中有好几个比较陡的上坡，还好我租的是电动车，要不就只有下车推行了。途经后鸟羽天皇的神社，面积不大，划出了很大一片山林作为保护区。逛了一圈，感觉兴趣不是很大，继续向明屋海岸骑行。

绕过一处山头之后，在一个小村落边终于发现了通往明屋海岸的指示牌。整个景点非常安静，环顾四周，就我一个游客。我时常在想，日本的很多景点人怎么可以如此之少。明屋海岸是小岛海底火山一次大喷发的遗迹，有一些嶙峋的怪石和附近海岸中的小山，海水的颜色呈现深蓝诱人的色彩。

海水没什么腥味，但海滩上有好些垃圾，有些感觉已经在海上飘、漂了很久。海边有很多海蟑螂，看着很恶心。在中国，南方沿海渔民常用海蟑螂治疗跌打损伤和小儿疳积等症，为药用动物之一。可在这里，没有人要。附近长着漂亮的紫阳花，算是意外的收获吧。

从明屋海岸往回骑行，我选择了一条与来时不同的路。附近山间有一座养牛场，专门养殖和牛。

沿着养牛场的道路往回骑行，路边一个老人家在收土豆，我们语言不通，鸡同鸭讲地交流了半天，最后他送我了两个比较大的土豆。我其实想说拿来也没用，但盛情难却还是收下了。继续沿着山间小路骑行，骑行了很久才出了养牛场的范围。在小路边看到了一座乡间的神社、碧绿的稻田和几个非常安静的小渔村。

下午的小渔港非常安静，一个人也没有，繁忙的捕鱼夜还没到来。回程遇到好几个三岔路口，找不到方向，不过好在这里几乎没有什么游客，被我逮着问路的都是当地人，几经辗转，终于回到了出发地附近的海边。

在靠近海士町码头附近的公园，有一处小泉八云和他太太的塑像，日本人的宠儿看来也颇爱游历，在20世纪初的时候就曾经来这里游览。这里离他曾经居住过两年的松江很近，看来隐岐诸岛在20世纪初就已经成为一个度假地了。靠近公园一带，是这个小岛的村民聚居地，有一条很小很日本的街道。

看着时间还早，我决定先去酒店温泉洗去一身疲乏，然后去往餐厅就餐。正准备开吃的时候，我突然看见信息中心工作的女士走了进来，我还朝她挥了挥手，很意外的感觉她就是冲我而来。当走近我的时候，她扬了扬手里的两枚100日元硬币，然后告诉我，今天她忘记找我钱了，快下班的时候才想起来。我并没有告诉她我住在这里，但因为这里来往的游客较少，所以她对我提到过的这个旅馆有印象，专程过来看看，看到我在这里，她也很高兴，这样她就能将200日元找还给我了。我并不知道她的名字，只记得不高的个子、略显黝黑的肤色、亲切的带有口音的英语，但她让我记住了隐岐诸岛，为这里的民风做了最好的注脚。

搭　车

2013年的夏天，第二次到北海道旅游。与第一次到北海道不同的是，这次我没有跟团，而是与妻子自由行。由于有第一次的经验，这次我们选择去了北海道几乎最东面的世界自然遗产——知床半岛。

到过北海道自由行的游客都知道，北海道几乎是日本公共交通班次最少的地方，特别是在道东一带。而且JR线路以外的巴士更是如此，即便是在旺季的时候，从JR知床斜里车站开往知床半岛旅行中心宇登吕巴士的车次也非常少，每天就三四班巴士往返。当我们结束在知床半岛的旅行之后，按照返程的线路准备搭乘巴士由宇登吕返回知床斜里车站时，由于我们的粗心，错过了上午的最后一班巴士，而只有等到中午的时候，才有下一班巴士，但如果等到中午，就将会错过由知床斜里车站开往钏路的火车，然后将会导致我们错过从钏路开往阿寒湖的巴士等一系列连锁反应。

没有办法，在宇登吕的巴士车站，我告诉售票员，能否帮助联系一辆出租车送我们到JR知床斜里站。售票员很热情地告诉我，出租车送我们到车站需要11000日元，大大超过旅游巴士的1600日元车费，但我们担心一系列的连锁反应，非常急切地告诉她没有问题。但电话联系的结果让我们非常失望，当日已经没有出租车在候客，所有出租车已经被包车在附近出游。

我们又询问售票员，还有没有别的方式可以帮助我们按照原订的旅游计划抵达知床斜里站。售票员询问同在巴士站导游中心的一位当地导游，问他还有没有其他办法。导游站起来告诉我们，他可以开车送我们去附近的知床斜里车站。我们随即询问费用的问题，他拿起桌上的计算器按了很久，犹豫着告诉我们，按照油钱付他2500日元就可以了。这个花费大大低于我们的预料，甚至还低于两个人乘巴士的费用。

售票员原本一直坐在售票的座位上，离我们比较远，当地导游说话的声音比较小，售票员主动来帮我们协调价格。她可能是想双方都不要吃亏，便建议按照巴士的价格收费，每位1600日元送我们到JR知床斜里车站。我们立即答应了下来，生怕他们反悔似的。照我们的设想，即便是按照出租车的价格收取，我们也觉得是合理的。

当时在车站候车的另外一位游客说他也弄错了时间，想与我们同乘一辆车前往，于是导游在附近的停车场取车之后，送我们三人前往知床斜里车站。一路上由于没有停站，加上当地导游熟悉路线，最后比旅游巴士早了十多分钟到达目的地。当抵达知床斜里车站的时候，导游很开心地告诉我们，他觉得今天运气真好，小赚了一笔；我们更开心，这里的人情与海天一样纯美。

腰带

2013年的夏天，与妻子一起到了岐阜县的下吕，准备享受难得的温泉时光。其实从金泽到这里的交通并不方便，不过考虑到后续的旅行安排，还是将这座著名的温泉小城作为了我们旅行中停留的一站。

抵达下吕的时候已经是下午，出站后就看到接站的指示牌，随着司机找到了到酒店的联络巴士，乘坐巴士跨越飞弹川之后很快就到了预订的旅馆。在宾馆前台入住登记之后，妻子便去继续她很喜欢的附赠服务——挑选浴衣。日本很多温泉旅馆都会提供浴衣，男士浴衣可选范围较窄，女士浴衣可选的则很多。

到房间之后坐下，宾馆的服务人员送来了欢迎宾客的抹茶和小点心，多数日本的传统旅馆都有这项服务，区别在于，有的在大堂或者是专门的茶室进行，有的在房间奉茶。妻子换上浴衣之后，我们沿着小城的行道从半山坡向飞弹川散步，想看看这座温泉小城。下吕这座温泉城比有马要大一些，比草津要小一些，很多游客都习惯穿着浴衣在城内闲逛，没有其他太多的景观，游客们都朝着飞弹川的方向前行。

我俩在飞弹川的桥上拍了许多照片，一边感受着夏季凉爽的河风，一边欣赏青山环绕的飞弹川。有一位日本老太太走了过来，拄着拐棍，但步行的速度却很快。她对我们说了一通，一句也不懂。她后来明白了我们不懂日语，于是就比画着腰带的位置，表示我妻子的腰带系得不对。她指了指她自己，然后指了指腰带，我妻子为了方便她操作，按她的要求坐在路边的条凳上。她将妻子浴衣的腰带全部拆散，然后按照传统的系法重新操作。站在旁边看着日本老太太熟练的动作，倍感温馨。我俩邀请她合影，她指着自己苍老而满是皱纹的脸庞，大概意思是说自己已经老了，不上相。但妻子过去牵着她的手，拉她对着相机，她也开心地露出了笑容。

おすすめの一週間ツアー

一周旅行攻略

（此图仅供参考）

在旅游中你会慢慢发现，除了东京、大阪等少数大城市，日本其实是一个旅行节奏较慢的城市。在这个古老与现代混合的国家旅游，建议大家不要做短时间内的大幅度地点跨越，静下心来在一个地区慢慢游历，你会在旅途中获得更多。

以下为一些适宜在一周间漫游的路线。

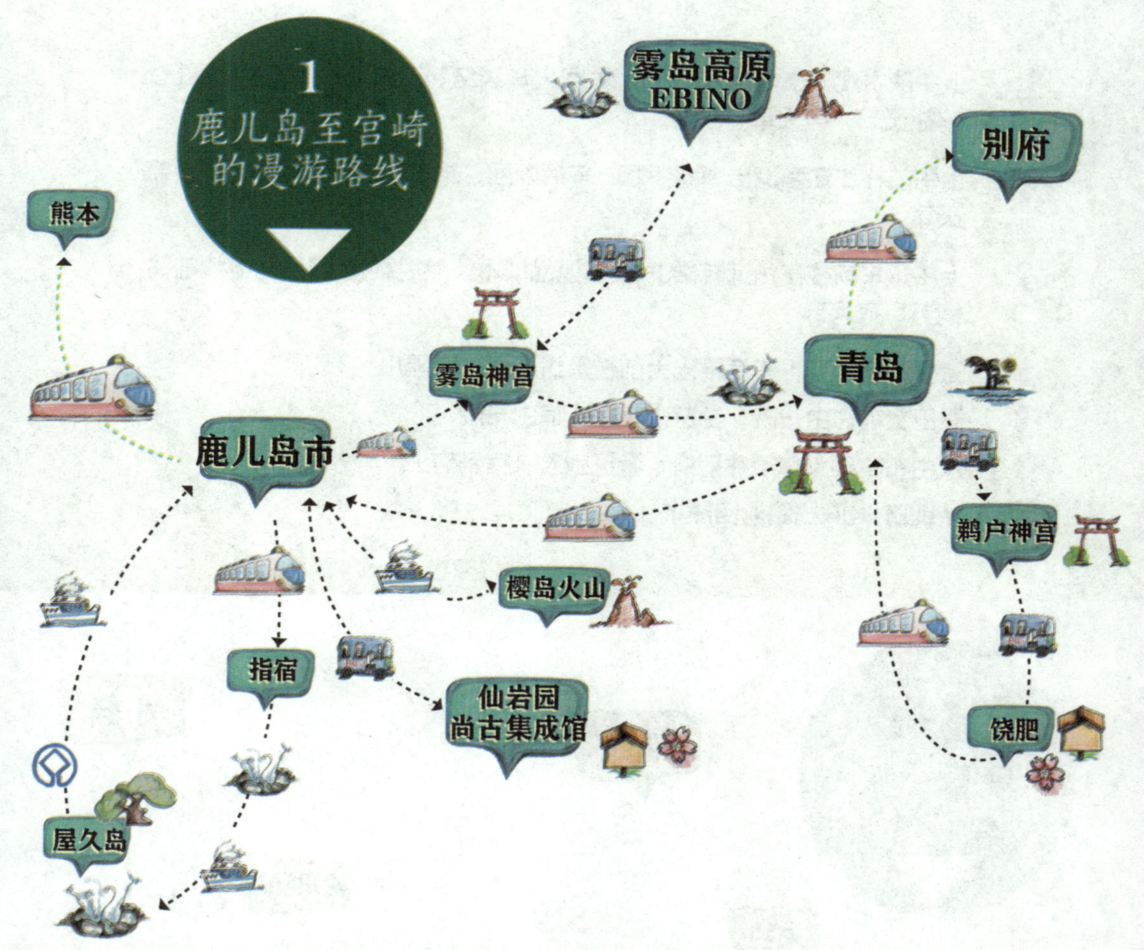

1. 上午鹿儿岛樱岛火山；下午仙岩园、尚古集成馆等，宿鹿儿岛
2. 上午鹿儿岛市内游览，午后乘JR线路火车前往指宿，体验沙浴，宿指宿
3. 上午从指宿港坐船前往屋久岛，下午可先到白水河一带游览，宿屋久岛
4. 上午屋久岛游览，下午返回鹿儿岛，乘JR火车线路前往雾岛神宫（约每小时1班特快，大约45分钟），宿雾岛EBINO高原市
5. 雾岛附近观光游览，宿雾岛EBINO高原市
6. 上午乘JR线路火车经南宫崎中转前往青岛（2小时10分左右），中午抵达青岛，附近青岛神社等观光
7. 青岛乘大巴前往鹈户神宫，然后乘巴士前往饶肥观光，从饶肥乘JR线路火车经南宫崎中转后返回鹿儿岛

1. 上午熊本观光市内观光，午后乘JR火车线路到三角港，游览后转乘巴士前往天草，宿天草
2. 上午前往二江渔港出海看海豚，午后返回，乘车前往天草松岛游览，宿天草
3. 上午乘车前往三角港转乘JR线路返回熊本，然后乘坐JR线路继续前往阿苏，宿阿苏
4. 上午游览阿苏，午后乘巴士前往黑川温泉，宿黑川
5. 乘巴士前往由布院，游览由布院，宿由布院
6. 从由布院乘火车前往别府，游览别府，宿别府
7. 从别府乘JR线路返回熊本

2 熊本至别府的纵贯路线

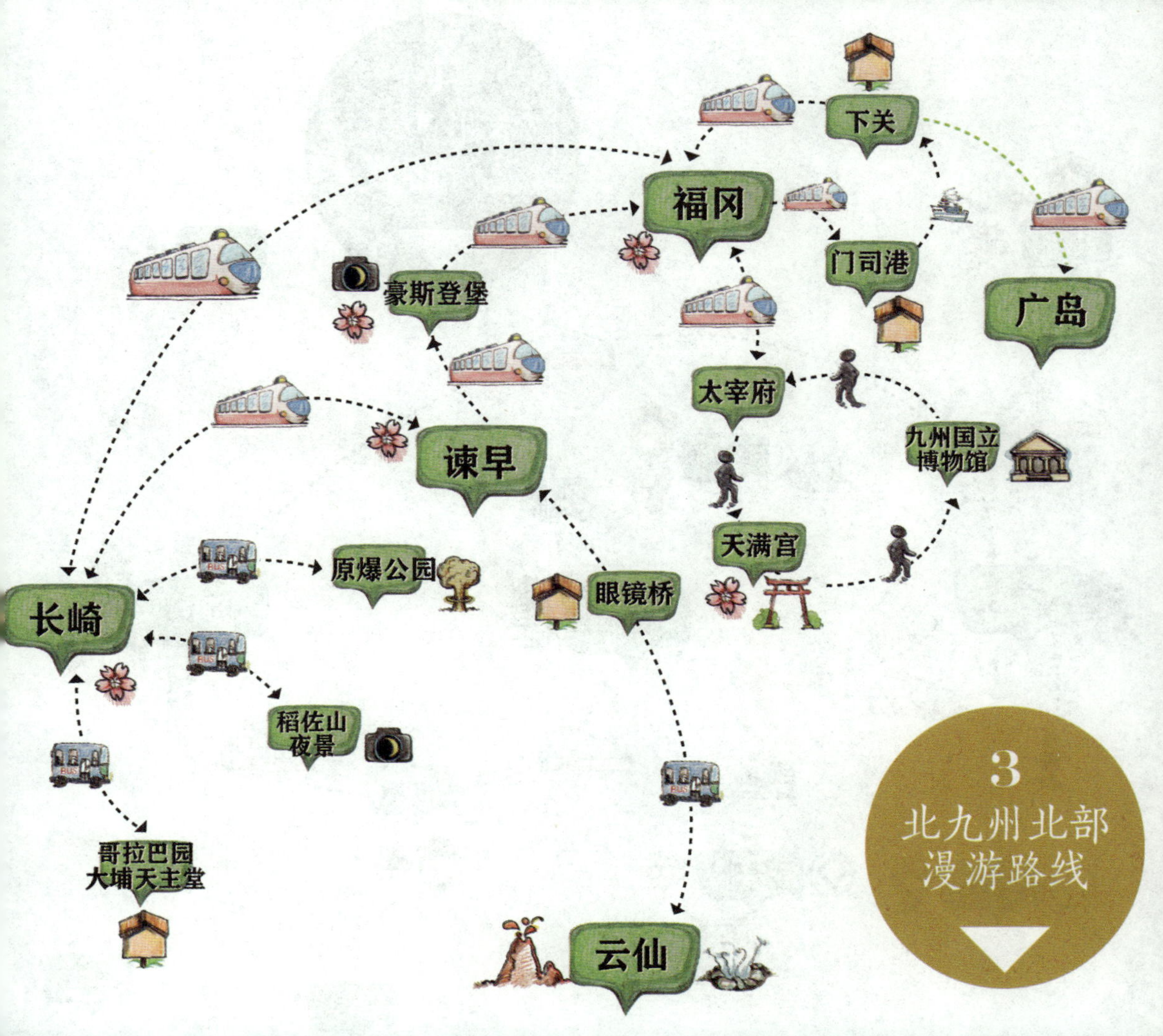

1. 长崎游览，黄昏之前出发去稻佐山看夜景，宿长崎

2. 上午前往原爆公园一带游览，然后从长崎乘JR线路到谏早，转乘巴士前往云仙（可以和路线2连接，由天草乘船前往），途中会路过著名的谏早眼镜桥，宿云仙

3. 上午云仙游览，午后出发乘巴士返回谏早，乘JR线路前往豪斯登堡，可看夜景，宿豪斯登堡

4. 豪斯登堡游览，下午5点左右出发，乘坐JR线路前往福冈，宿福冈

5. 福冈乘JR线路到太宰府参观天满宫和九州国立博物馆，返回福冈，宿福冈

6. 乘JR线路由小仓中转后抵达门司港，游览门司港后乘船前往关门海峡对岸的下关，乘坐JR线路经小仓中转后返回福冈

7. 福冈游览，下午乘JR线路返回长崎

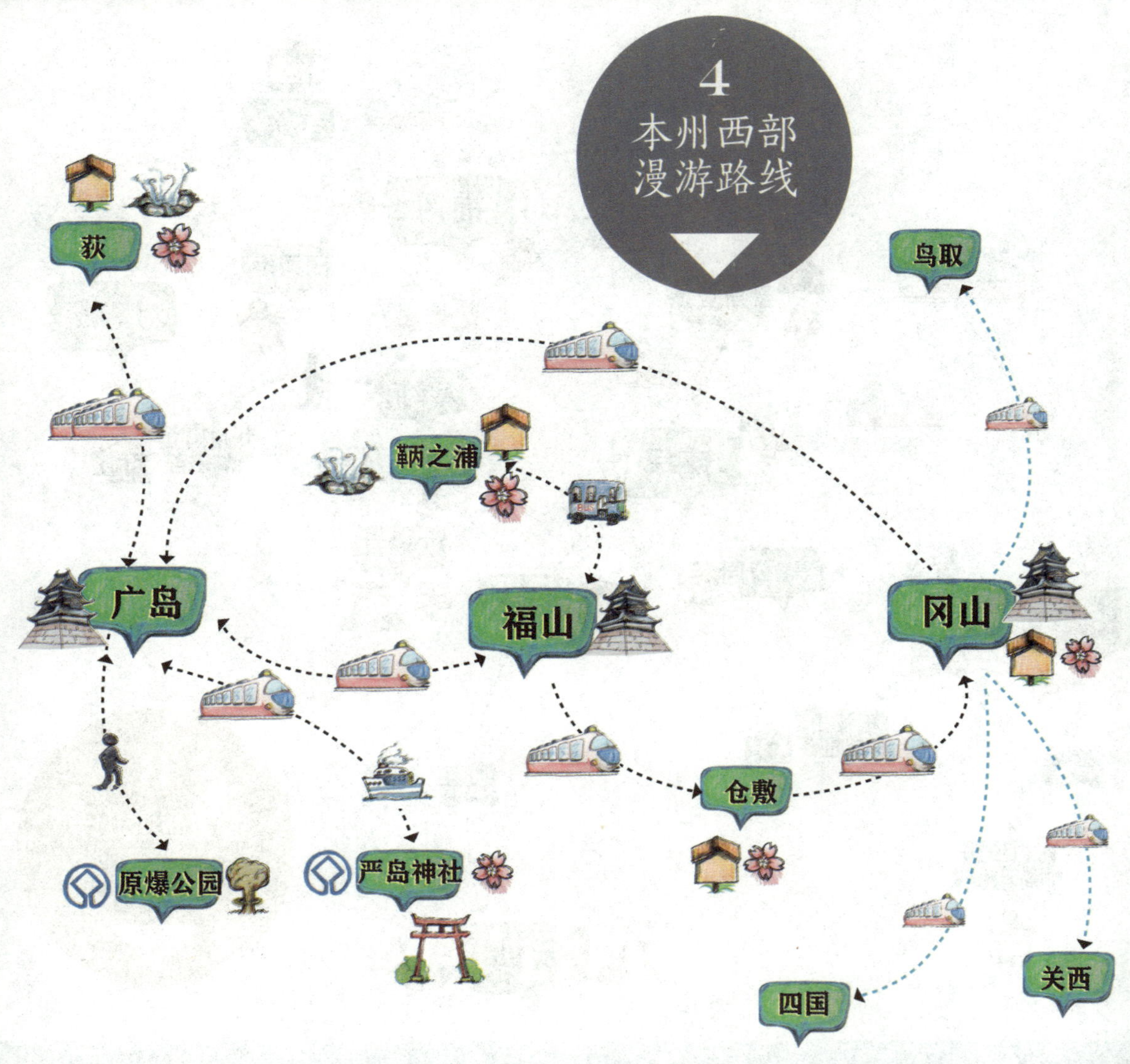

1. 上午游览广岛城、原爆公园等地，下午前往严岛神社游览，宿广岛
2. 早间可再去一次严岛神社，体会不同潮高的大鸟居，然后乘JR线路前往岩国，宿锦带桥附近
3. 午后乘坐JR线路经由厚狭、长门中转后地带萩市，宿萩市
4. 游览萩市，宿萩市
5. 早间由萩市出发乘坐JR线路经由长门、厚狭、广岛中转抵达福山，短暂游览福山后，乘坐巴士前往鞆之浦游览，宿鞆之浦
6. 从鞆之浦出发乘坐巴士前往福山，然后乘坐JR线路抵达仓敷，游览仓敷后前往冈山，宿冈山
7. 游览冈山后返回广岛

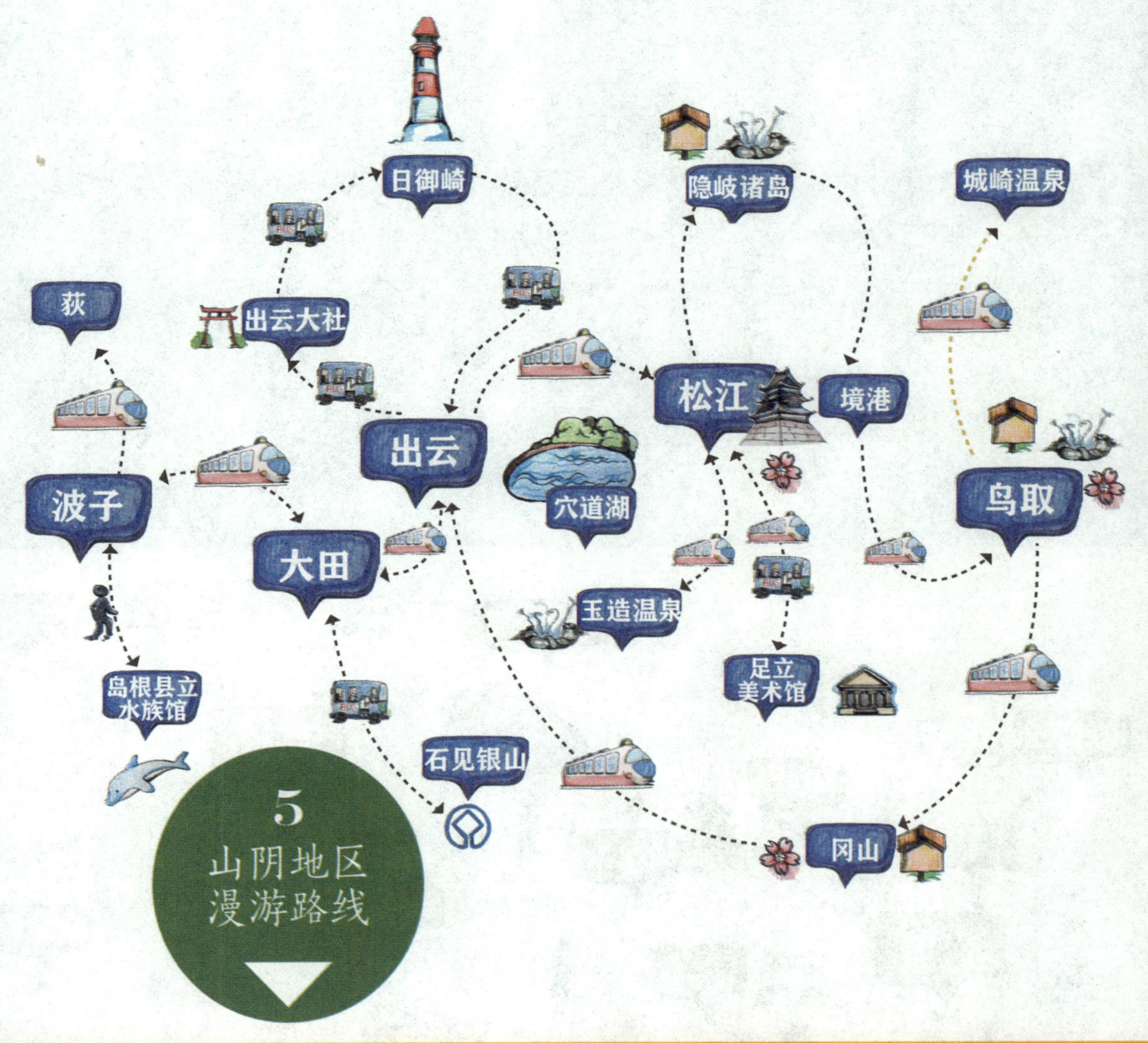

1. 上午从冈山出发乘坐JR线路前往出云，下午游览出云大社、日御崎，宿出云
2. 上午从出云出发乘坐JR线路前往波子看岛根县立水族馆（周二休馆），看白鲸吹泡泡，下午从波子出发乘坐JR线路前往大田，转乘巴士去看石见银山，然后巴士返回大田，乘坐JR线路返回出云，宿出云
3. 上午从出云出发乘坐JR线路前往松江，游览松江，注意夕阳时间，宿玉造温泉
4. 早晨由松江七类港乘船前往隐岐诸岛菱浦港，游览岛前，宿海士町
5. 由岛前乘船前往岛后西乡港，游览岛后，宿港口附近
6. 由西乡港乘船前往境港，短暂游览鬼怪都市后前往鸟取，宿鸟取
7. 游览鸟取沙丘等景点后乘坐JR线路返回冈山

1. 德岛游览，前往鸣门漩涡后前往高松，游览栗林公园，宿高松
2. 上午前往丸龟城游览，后继续乘车前往琴平，游览金刀比罗宫，后坐车前往高知
3. 游览高知，前往足摺岬，宿足摺岬
4. 游览足摺岬后返回高知，宿高知
5. 从高知前往松山，游览松山城、道后温泉等，宿松山
6. 从松山经宇和岛前往宿毛游览，宿宿毛
7. 经宇和岛、松山等地中转后返回德岛

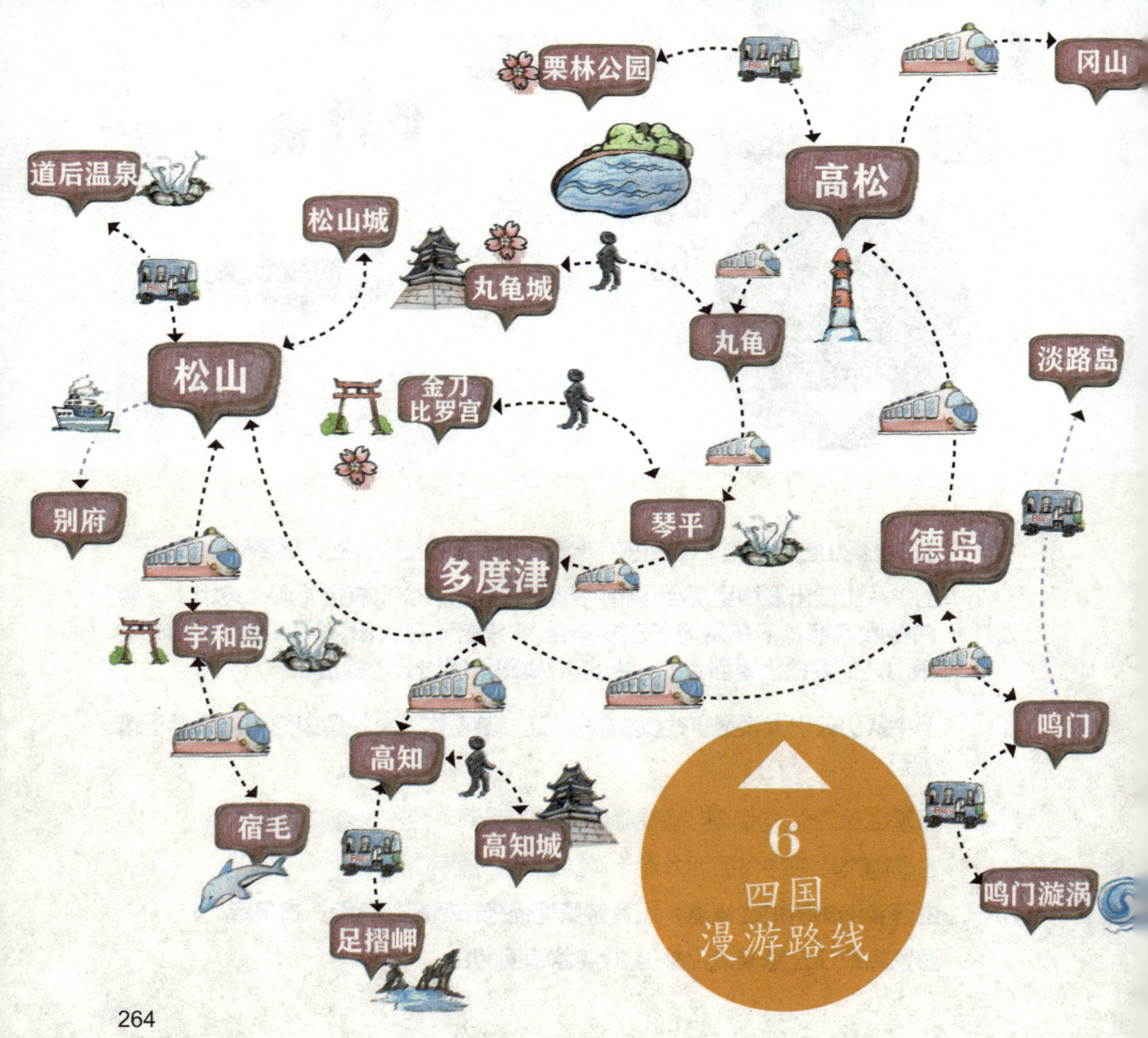

1. 从大阪出发乘坐JR线路前往和歌山，游览和歌山城和附近海滨风光，宿和歌山
2. 从和歌山出发乘坐JR线路到桥本，然后换乘私铁前往高野山游览，宿高野山
3. 从高野山出发经桥本中转后乘坐JR线路前往白浜（白浜有非常好的旅行配套服务，可以在JR车站外的旅行服务窗口办理行李托运至宾馆的手续），游览Adventure World，我所看过的最气势恢宏的水族表演，还可以看见旅居日本的熊猫，感受不同风格的动物园，宿白浜
4. 游览三段壁、千叠敷、白浜足汤银座、白良浜海滩等白浜景点，宿白浜
5. 从白浜乘坐JR线路前往纪伊胜浦，游览熊野古道的终点，宿纪伊胜浦
6. 由纪伊胜浦出发乘坐JR线路经多气中转后继续乘坐JR线路前往伊势神宫等参观，参观后乘坐JR线路前往鸟羽，宿鸟羽
7. 参观鸟羽珍珠岛后乘坐JR线路经多气等中转后返回大阪

1. 从金泽出发乘坐JR线路前往福井，游览永平寺、东寻坊等后前往加贺温泉，宿加贺温泉

2. 从加贺温泉乘坐JR线路前往金泽游览，宿金泽

3. 从金泽出发乘坐上午巴士前往白川乡游览，继续乘坐巴士前往下吕，宿下吕

从下吕出发乘坐JR线路前往高山，游览高山后前往富山中转前往立山，宿室堂坪

5. 从立山出发乘坐私铁前往立山-黑部峡谷游览，宿黑部峡谷

6. 从立山出发乘坐私铁返回富山，乘坐线路经JR津幡中转后前往和仓温泉，宿和仓温泉

7. 从和仓温泉乘坐巴士前往轮岛参观，完后乘坐巴士返回金泽

1. 新泻游览，宿新泻
2. 从新泻出发乘坐JR线路前往福岛泻和五泉市参观，乘坐JR线路前往会津若松，宿会津若松
3. 会津若松游览后乘坐JR线路经新泻中转后前往越后汤泽，宿越后汤泽
4. 从越后汤泽出发乘坐JR线路经高崎中转后前往轻井泽，宿轻井泽
5. 上午游览轻井泽，下午从轻井泽出发乘坐JR线路前往上田，然后转乘私铁前往别所温泉，宿别所温泉
6. 由别所温泉出发乘坐私铁返回上田后乘坐JR线路前往长野，长野游览后乘坐JR线路前往松本，宿松本
7. 松本游览后，乘坐JR线路经长野、高崎中转后返回新泻

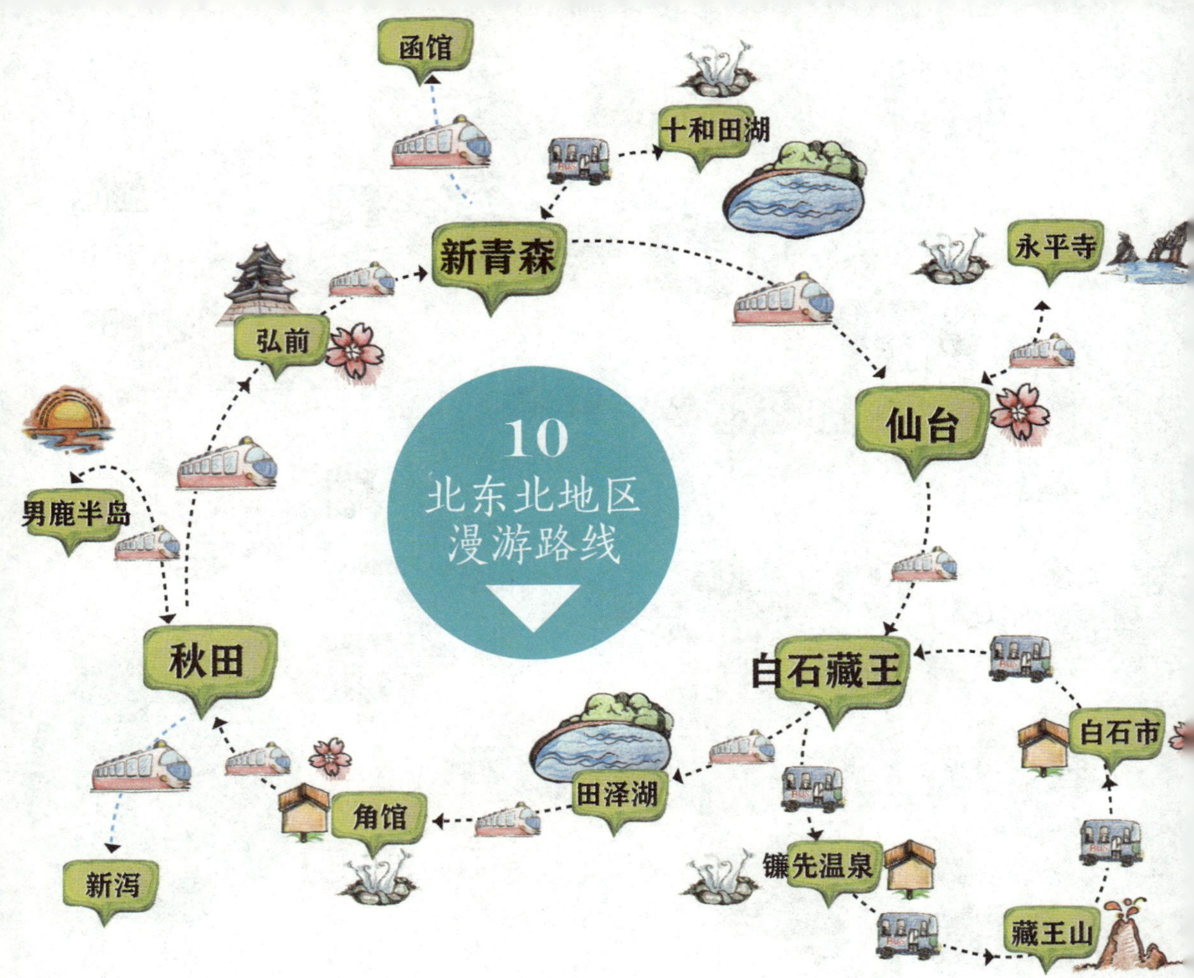

1. 仙台游览，乘坐JR线路前往白石藏王，宿镰先温泉
2. 游览白石市、藏王山等后，乘坐JR线路前往田泽湖，宿田泽湖
3. 游览田泽湖后前往角馆游览，宿角馆
4. 从角馆出发乘坐 JR 线路前往秋田，游览秋田后乘坐JR线路前往男鹿，注意夕阳时间，宿男鹿
5. 从男鹿出发乘坐JR线路经秋田、盛冈、新青森中转后前往弘前，游览弘前城，宿弘前
6. 从弘前出发乘坐JR线路前往新青森，从新青森乘坐巴士前往十和田湖，宿十和田湖温泉乡
7. 从十和田湖温泉乡出发乘坐巴士游览奥入濑溪流后乘巴士到新青森，然后转乘JR线路返回仙台

图书在版编目（CIP）数据

日本浮光：私人旅日印记 / 李丁著. — 2版. — 成都：四川文艺出版社, 2019.3

ISBN 978-7-5411-5279-5

Ⅰ. ①日… Ⅱ. ①李… Ⅲ. ①游记－作品集－中国－当代②摄影集－中国－现代 Ⅳ. ①I267.4②J421.8

中国版本图书馆CIP数据核字（2019）第028003号

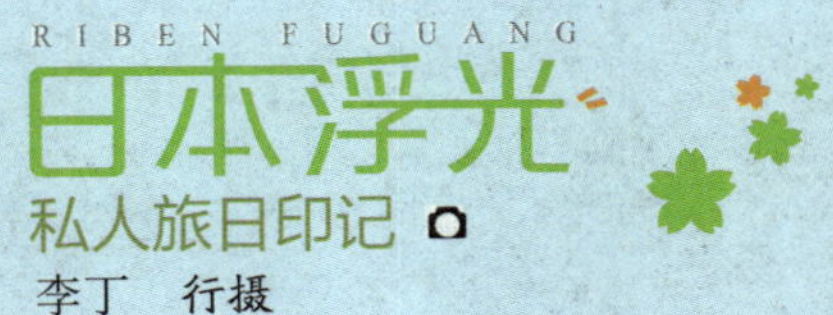

李丁 行摄

责任编辑 王其进
编辑助理 赵 璐
责任校对 舒晓利
整体设计 叮 叮

出版发行 四川文艺出版社（成都市槐树街2号）
网 址 www.scwys.com
电 话 028-86259285（发行部） 028-86259303（编辑部）
传 真 028-86259306

邮购地址 成都市槐树街2号四川文艺出版社邮购部 610031
印 刷 三河市华东印刷有限公司
成品尺寸 170mm × 230mm
开 本 16开
印 张 17.5
字 数 360千
版 次 2019年3月第二版
印 次 2019年3月第一次印刷
书 号 ISBN 978-7-5411-5279-5
定 价 58.00元

版权所有 · 侵权必究。如有质量问题，请与出版社联系更换。028-86259301

作者简介

李丁，男，四川成都人，管理学博士。现供职于成都某高校，副教授，主要从事可持续发展与公共政策分析等方向的研究。从2011年至2014年间多次赴日本北陆先端科学技术大学院大学（Japan Advanced Institute of Science and Technology）做访问学者和联合研究。